스마트소설 이렇게 쓴다

스마트소설 이렇게 쓴다

— 짧은 이야기 소설론

김종회 지음

문학나무

강소담화强小談話, 과거에서 미래까지

경제학에서 말하는 '작은 것이 아름답다'는 논리는 문예 장르에 원용하면, '짧은 글이 더 깊다'나 '짧은 이야기의 여운이 더 길다'라는 논의 체계에 이를 수 있다. 곧 강소담화의 스마트소설이다. 이는 새로운 시대의 요청에 부응하는 창작 형식이면서, 오랜 문학사의 연원淵源을 가진 소설적 발화 방식이기도 하다. 또한 속도감과 효율성에 무게중심을 두는 오늘의 취향문화Taste Culture를 반영하며, '손안의 우주'가 된 스마트폰에 장착하여 손쉽게 읽을 수 있는 소설의 소통 구조를 견인할 수 있다. 일찍이 러시아의 극 이론가 스타니스랍스키가 '포즈의 위치만 바꿔도 얼마든지 다양한 정신상태를 산출할 수 있다'라고 언명했지만, 같은 예술의 범주 안에서 스마트소설은 하나의 작은 기미幾微가 총체성을 대체하는 현대사회의 '생얼'에 해당한다.

하늘 아래 전혀 새로운 것은 없는 터인즉 동서고금의 문학 가운데서 다양하고 다채로운 스마트소설의 형용을 발견할 수 있다. 그러기에 스마트소설은 새로운 장르의 현신現身이면서 동시에 전통적 장르의 후신後身이기도 하다. 그동안 한국문학이 사용한 엽편소설葉篇小說이나 해외에서 유행한 미니픽션Mini Fiction 등의 용어 개념을 수렴하여, 이 책에서는 스마트소설이라는 문학적 강역疆域을 구체적으로 설정하려 한다. 이를테면 스마트소설 논의의 현 단계를 정리해 보고 그 자리에서 앞날을 내다보자는 뜻이다. 키가 큰 대나무가 각기의 구획으로 분절된 '마디'를 통해 성장점을 확보하듯이, 스마트소설 논의에 있어 하나의 마디를 형성해 보려는 시도가 이 책의 의의라 할 수 있겠다.

한 걸음 더 나아가 보다 간곡한 바람은, 그것이 길고 지루한 토론의 경점更點을 넘어 확고한 태세로 창작과 비평의 참조가 되었으면 하는 데 있다. 이 책은 모두 6개의 단락으로 구성되어 있고, 각기의 글은 스마트소설의 의미를 창안하고 추동해온 계간《문학나무》에 연재한 것이다. 한국문학과 세계문학의 넓은 바다에 가능한 대로 촘촘한 그물을 던져, 스마트소설의 문학사적 사례와 친족 관계를 수거하려 애썼다. 그 과정에서 스마트소설 창작 운동의 중심에 서 있는 황충상 선생님 그리고 이를 현실의 문학 가운데 정초하고 있는 주수자 선생님에게 여러 모로 빚을 졌다. 어떻게 갚아야 할지 만만찮은 숙제다. 이 소박한 책 한 권이, 스마트소설의 양양洋洋한 전개에 뜻을 둔 분들에게는 소박하지만 쓸모있는 참고서가 되었으면 한다.

2022년 봄

김종회

1

ㅇㄹㅁㅎㅇ ㅅ ㅇ ㄱ ㄱ ㅇㅊㅈ ㄱㅅ

어니스트 헤밍웨이의 소설에 대해 부정적으로 생각하던 한 사람이 헤밍웨이에게 이렇게 말했다. "단 여섯 단어로 사람들의 심금을 울리는 소설을 쓸 수 있다면 그대를 인정하고 고액의 원고료를 지불하겠다." 헤밍웨이는 곧 다음과 같은 소설을 썼다.

"한 번도 신지 않은 아기 신발 팝니다(For Sale: Baby shoes. Never Worn)."

우리문학의 새 얼굴, 그 원초적 궤적

1

우리문학의 새 얼굴, 그 원초적 궤적

우리시대 생활문학의 의의

왜 지금 여기서 스마트소설인가

스마트소설은 '스마트'라는 표제어를 '소설' 앞에
덧붙임으로써 그 장르의 성격과 의미를 규정한다. 소
설은 근대사회의 발현과 서민의식의 성장에 발맞추
어 등장한 창작 유형이며, 오늘에 이르러 문학 전반
을 대표하는 산문 형식으로 자리를 잡고 있다. 비유
와 상징의 기법으로 축약해서 발화하는 시보다, 이야
기를 통해 풀어서 서술하는 소설이 더 강한 영향력을
발휘하는 시대다. 한국문학의 현장에 있어 이 수용력

의 도식은 적어도 20세기 말까지 큰 변동이 없는 외형을 유지해 왔다. 그런데 21세기로 들어서서 20년이 지난 지금, 상황과 형편이 많이 달라졌다. 스마트소설은 이렇게 달라진 문학의 지형도와 밀접한 관련이 있다.

우선 삶의 환경과 그 형상이 활자매체 문자문화의 시대에서 전자매체 영상문화의 시대로 현격하게 전화轉化되었다. 과거처럼 의미 깊고 난해한 문자 시 또는 무거운 담화를 규범에 맞도록 전개하는 소설이 더 이상 독자의 기호를 강렬하게 자극하지 못하는 지점에 도달한 것이다. 물론 창작심리를 도외시하고 수용미학적 판단만 앞세우는 것은 그다지 바람직하지 않다. 하지만 문예창작이 발원한 이래 독자 없는 문학이 값이 있다는 논리는 어디에서도 찾아보기 어렵다. 독자의 외면은 곧 창작의 위축을 뜻하고 이는 더 나아가 한 시대나 사회의 문예활동이 제 몫을 감당하지 못한다는 결론을 불러올 수밖에 없는 것이다. 아무리 몇 걸음 물러서서 말한다고 해도 이처럼 냉정한 논의를 외면할 길은 없다.

거기에다 창작주체의 심리적 동향 또한 변화의 굴곡을 보이게 되었다. 진중한 예술론과 운명론적인 창작지향점에 문학의 명운을 걸기보다는, 창작의 현실이 보다 즐겁고 일상의 삶에 유익한 것이기를 추구하는 현실이 눈앞에 있다. 이른바 '생활문학'의 대두가 하나의 시대정신Zeitgeist을 형성하는 현상을 목도하게 된 터이다. 이는 어쩌면 한 번 경험한 뒤에는 내다버리기 어려운 '마약효과' 같은 것이 될지도 모른다. 작가가 편안하게 향유하면서 독자들과도 그렇게 소통하기를 원하는 글쓰기, 소설쓰기의 새로운 형상이 곧 스마트소설이란 이름으로 얼굴을 나타내게 된 것이다. 이 새로운 문예장르의 출현 정황이 그러한 배경과 경과과정을 갖고 있는 것은 앞으로도 스마트소설이 흥왕하고 또 확산되어 자기 길을 열어가게 되리라는 예단을 불러온다.

스마트소설 고유의 형식적 특성

스마트소설이 '스마트'하다는 것은 대체로 내용의 상징성, 그 가운데 잠복한 독창적 의미, 분량의 단축,

독자와의 소통 확대, 창작자의 자기충족 등 여러 절목을 하나의 언어에 집약한 결과가 아닐까 한다. 비록 작품의 겉보기가 단출하고 담겨진 이야기 또한 압축되어 있으나 그로 인해 오히려 더 강한 감응력과 공감을 발양할 수 있다면, 스마트소설은 본래의 덕목을 모두 이행한 것이 된다. 그러기에 스마트소설은 굳이 본격소설과 길항하고 갈등할 이유가 없다. 왜 운동 경기에도 전국대회나 세계대회에 나가는 전문체육이 있는가 하면, 마을 어귀나 근린공원에서 가까운 벗들과 함께 나누는 생활체육이 있지 않는가 말이다. 그런 점에서 한 시대의 문학적 양식을 총체적으로 관찰하자면 스마트소설과 본격소설은 상호보완적 성격을 띠게 되는 형국이다.

스마트소설이란 용어는 지금으로부터 10년 전 계간 《문학나무》가 '스마트소설박인성문학상'을 제정하면서 처음으로 등장했다. 이를 주관해온 황충상 작가의 표현처럼, "소설가로서 한 시대의 광고 카피를 문학 이미지로 조율했던 박인성 카파라이터, 그의 문학상에 스마트소설이란 이름이 붙은 것은 시사하는 바가 컸다"고 할 수 있다. 그가 규정한 분량은 2백자 원고지 7매, 15매, 30매 이내의 짧은 이야기이며 그 짧은 분량에 '문학의 혜안과 통찰'을 보여주어야 한 다는 것이다. 더 나아가 스마트소설만의 '초월적인 실험기법'이 적용되어야 하고, '스마트한 압축의미와 순전의미'가 곁들여져야 문학성이 담보된다는 것이 다.

주창자의 개념 정의는 이와같이 계속된다. "강렬한 시사성의 묘하고 아름다운 힘, 그 파장의 울림을 그 려내는 스마트소설은 어떤 소재든 다양한 글쓰기를 보일 수 있다. 하지만 그 방법론의 변형은 영원히 가 볍고 한없이 쉬운 이야기로서 생물이며 사물이 자유 로이 드나들 수 있어야 한다. 그래야 스마트폰 세대 와 소통의 길을 열 수 있기 때문이다." 마지막 대목 스마트폰 세대와의 소통은 곧 스마트폰에 장착하여 읽을 수 있는 새로운 독서 방법 확대를 뜻한다. 그리 고 그가 다양한 변화의 모형으로 제시한 산문시적 스 마트소설, 초단편적 스마트소설, 단막희곡적 스마트 소설 등의 어의語義는 스마트소설이 오늘의 소설이자 미래의 소설로 자기정립을 도모하는 구체적 형상을 말하고 있다.

스마트소설의 문학사적 범례

지금까지 살펴본 스마트소설이 21세기 들어 어느 순간 하늘에서 떨어진 것이 아니다. 오랜 문학사의 흐름 속에서 그와 유사한 창작 패턴이 존재했던 것이고, 그것이 21세기 동시대의 문화예술적 특성에 조응하여 하나의 진전된 형태를 얻게 된 셈이다. 이는 한국 또는 세계문학의 소설사 가운데서 여실히 확인된다. 스마트소설과 연관된, 문학사적 친족관계를 형성하는 작품들을 쉽사리 목도할 수 있다는 데서 이를 확증할 수 있다. 그리하여 이를 두고 스마트소설의 '원초적 궤적'이라 호명할 수 있는 것이다. 여기에서는 일차적으로 황순원의 「탈」과 허버트 렐리호의 「독일군의 선물」에서 그 면모를 살펴보기로 한다.

다리에 총탄을 맞고 쓰러졌던 몸을 일으키려는데 대검이 가슴을 와 찔렀다. 의식을 잃는 순간 일병의 눈동자에 상대방 얼굴이 타듯이 찍혔다. 일병의 가슴에서 흐른 피가 황토 땅에 스며들었다. 고향을 멀리 한, 그러면서도 자기 동네 근처 비슷한 어느 야산 기슭이었다.

피는 잦아들어 흙이 되었다. 처음에는 주위의 다른 흙빛보다 진했으나 차츰 한 빛깔이 되어갔다. 흙은 곧 목숨이라고 여기며 살아 온 농군 출신의 일병이었다. 한 억새 뿌리가 슬금슬금 일병의 목숨의 진을 빨아올려 갔다. 일병은 억새가 되었다.

어지러운 군화가 억새를 밟고 이리저리 지나갔다. 겨울에는 눈 덮인 억새 위를 더 무거운 군화가 짓밟고 지나갔다. 몇 차례나 몇 차례나 짓밟고 지나갔다. 그러나 억새는 죽지 않았다. 군화가 사라진 후, 억새는 봄바람에 불리고, 햇볕에 쬐이고, 비와 이슬에 씻기고, 눈에 덮이고, 다시 봄바람에 불렸다. 늦은 봄 억새는 한 농군의 낫에 베이어 외양간으로 옮겨졌다.

소가 되었다. 황소였다. 전에 일병이 농군이었을 때 그러했듯이 주인농군도 소를 자기 집에서 가장 소중한 식구로 위해주었다. 주인농군과 함께 부지런히 일을 했다. 멍에 가죽에 혹이 생기도록 일을 했다. 그러나 좀처럼 살림은 퍼지지가 않았다. 그해가 그해였다. 홍수가 논밭을 휩쓸고 간 가을 어느 날 밤 주인농군은 일병의 목덜미를 어루만지며 소리죽여 울었다. 그리고 일병은 장터와 기차 화물간과 도수장을 거쳐 시가지 푸줏간에 걸려졌다. 토막이 나 팔렸다. 거기서 알 사람을 하나 만났다. 야산 기슭에서 대검으로 일병의 가슴을 찌른 그 사람이었다. 동냥질을 하고 있었다. 한 식당에서 동냥한 찌꺼기 음식에서 일병의 살점을 먹었다. 일병은 그 사나이 속으로 들어갔다.

사나이는 들고 있던 깡통을 홱 내동댕이치고 기운을 내어 걸었다. 다 해진 작업복을 걸친 채 한쪽 팔이 없는 소매가 헐렁거렸다. 철공장 앞에 이르렀다. 전쟁터에서 한쪽 팔을 잃기 전까지 자기가 선반공으로 일하던 곳이었다. 거침없이 공장 안으로 들어섰다. 예전의 그 공장

1 우리문학의 새 얼굴, 그 원초적 궤적

장이 있었다.

"안녕하세요?"

공장장은 달갑잖은 표정이 역력했다. 물고 있던 담배를 구두끝으로 뭉갰다.

"공장장님, 기분나빠하실 것 없습니다. 오늘은 제가 뭐 떼를 쓰러온 게 아니니까요. 아시겠어요? 예 전처럼 다시 일하러 온 겁니다."

공장장은 이쪽의 팔 없는 헐렁한 소매에 찜찜한 시선을 던졌다.

"뭘 보시는 거죠?" 사나이는 공장장을 정시하며 말을 이었다. "다리 하나 총탄에 맞아 못쓴다구 선반 깎는 일 못할 것 없잖아요?"

몸을 움직여 가며 말하는 사나이의 한쪽 팔 없는 소매가 그냥 대롱대롱 흔들리고 있었다.

— 황순원, 「탈」 전문

이 작품 「탈」이 수록되어 있는 소설집은, 1965년에서 1975년까지 11년간에 걸쳐 창작된 21편의 단편 모음이다. 그 가운데서 직접적으로 노년이나 죽음의 문제를 다루고 있는 작품이 15편, 소재로써 이러한 요소가 내포된 작품이 5편, 단지 1편 「이날의 지각」만이 이 문제와 거리가 있다. 이와 같은 빈도는 이순의 세계 전망을 드러내기까지 10년여를 일관해 온 이 작가의 관심과 인식이 얼마만한 넓이와 깊이로 여기에 도달해 있는지를 직접적으로 예시하는 언표일 것이다.

그림자를 어둡다고만 생각하는 일면적 사고와 그림자 역시 반사된 광선으로써 빛의 일종이라고 생각하는 다면적 사고 사이에는 상당한 진폭이 있다. 이를 인간의 삶과 죽음에 대한 시각으로 환치해 보면, 죽음을 삶의 끝으로 생각하는 사고와 삶의 한 양식으로 인식하는 사고의 구분에 대응된다. 우리가 삶의 밀도를 세부적으로 이해하고 체험하는 열린 상태의 존재론에 입각해 왔을 때, 죽음이 삶의 물리적 소진이라는 단순한 현상적 파악을 넘어 그 궁극적 의미의 바닥을 두드려볼 수 있을 것이다. 이는 이 시기 황순원의 문학을 판독하는 중요한 독법이기도 하다.

소설집 『탈』의 제목이 된 단편 「탈」은 짧은 2개의 단락으로 되어 있지만, 강한 탄력성을 가진 작품이다. 첫 단락에서 전쟁터에서 죽은 일병의 생명력이 억새, 황소, 일병을 죽인 사나이에게로 이어지는 순환과정을 통해 일병은 자기를 죽인 자와 동화된다. 둘째 단락에서는 비록 전쟁터에서 한쪽 팔을 잃었지만 '기운을 내어 걸을' 수 있는 다리를 가진 사나이가 '다리 하나 총탄에 맞아 못쓴다고 선반 깎는 일 못할 것 없잖아요'라는 앞뒤가 맞지 않는 난감한 대사로써 자기가 죽인 일병이 다리에 총탄을 맞았던 사실을 상기시킨다. 이 작품의 탄력성은 몇 개의 장면 제시와 묘사를 통하여 산문적인 서술 없이 작가의 삶 의식 기층에 자리한 보응의 논리가 현현顯現되는 과정 속에 있다.

우리에게 익숙한 황순원 소설의 리얼리티를 정면으로 무너뜨리면서 한편으로 당혹스럽기까지 한 이 작품의 이야기 구성은 작가의 정교한 지적 조작 아래에서 강한 상징적 의미를 함축한다. 굳이 종교적 교리로 그 절목을 설명하지 않더라도 이는 확연하게 윤회전생의 인과응보를 말하는데, 원인과 결과가 필연적으로 연관되고 있다고 하는 견해가 인과설이라면 이 작품에서 일병과 일병을 죽인 사나이는 가늘지만 길고 질긴 하나의 연緣으로 묶여진다. 이 묶여짐을 통해 우리는 다음과 같은 두 가지의 사실을 알아차리게 된다. 먼저 서로 총검을 겨누었던 일병과 사나이가 인과의 연을 벗어날 수 없음을 통해 이 작가가 이순에 이르러 정리하고 있는 삶의 질서에 관한 것이다.

다음으로는 우리가 누리고 있는 삶의 가시적 한계 그 너머에 적지 않은 용적의 또 다른 진면목이 내재해 있다는 세계인식의 방법에 관한 것이다. 보응의 논리는 원인과 결과를 상관시키는 냉엄한 이성의 눈길을 동반하는 것인데, 흥미롭게도 그 이성적 관점을 표현하는 방법이 삶의 범주를 벗어난 미분과 순환의 세계에 근거하고 있다. 그것은 분절된 물량적 삶이 아니라 영혼의 교감을 개방해 놓은 정신적인 삶의 모습이다. 죽음이 하나의 종착점으로 끝나지 않고 새로운 차원에서 삶의 의미를 지속시키고 있으며, 이러한 삶과 죽음의 구분을 무화시키는 초월적인 공간이 마련됨으로써 황순원의 죽음의식은 오히려 삶의 지평을 넓혀주고 있다.

「탈」은 스마트소설이란 개념이나 논리와 전혀 상관이 없는 채로 창작된 짧은 단편이지만, 그 작품 속에는 오늘의 스마트소설이 함축적으로 포괄하고 있는 여러 의미망이 잘 담겨 있다. 우선 이 작품의 분석을 통해 검증해본 바 소설의 주제에 대한 '혜안과 통찰'이 선명하게 드러나고 '초월적 실험기법'이 효율적으로 적용되고 있으며, 더욱이 스마트한 '압축과 순전'의 의미가 확연하게 수반되어 있다. 이렇게 본다면 「탈」이야말로 40여 년 전에 작성된 스마트소설의 수발秀拔한 모범사례라 하지 않을 수 없다. 문학사에서 검색하기로 하면 이러한 수작秀作이 한두 작품에 그칠 리 없다. 그러므로 스마트소설은 불현듯 동시대의 문학에 출현한 창작 형식이 아니라, 연면히 지속된 문학사 속의 한 창작 성향이 시대적 변화 및 요구와 조화롭게 악수한 경우에 해당한다 할 것이다.

허버트 렐리호의 「독일군의 선물」이 보인 '스마트'성

전쟁은 끝났다

그는 독일군으로부터 도로 찾은 고국으로 돌아왔다.

불이 침침한 길을 그는 급히 걷고 있었다.

어떤 여인이 그의 손을 잡고 술이 취한 것 같은 목소리로 말을 건넨다.

"어디 가시나요? 우리 집에 가시는군, 그렇죠?"

그는 웃었다.

"아니요. 당신 집엔 웬, 난 아낼 찾고 있소."

그는 여인을 돌아다보았다.

두 사람은 가로등 옆으로 왔다. 그러더니 여인이 갑자기 '앗' 하고 소리를 질렀다.

그도 그만 여인의 어깨를 잡아 불 밑으로 끌어당기었다.

그의 손가락이 여인의 살 속으로 파고들었다… 눈이 빛났다.

'요안' 하고 그는 여인을 포옹했다.

— 허버트 렐리호 「독일군의 선물」 전문

지금까지 발표된 소설 중에서 세계에서 가장 짧은 작품으로 알려진 「독일군의 선물」이다. 이 작품은 단

열두 문장으로 되어 있지만 소설의 기본적인 구성 요소를 모두 갖추고 있어 '열두 줄 소설'로 불린다. 저자는 허버트 렐리호인데, 여러 소설론이나 교재에서 이 작품을 예로 들고 다루면서도 실제로 그 작가에 대한 언급은 찾아볼 수 없다. 이야기는 제1차 세계대전에서 전쟁에 나갔던 한 프랑스 병사가 독일의 패전으로 전쟁이 끝난 후 고향으로 돌아가는 데서부터 시작된다. 그는 아내가 있는 집을 향해 고향의 밤거리를 걸어가던 중 술에 취한 것 같은 '거리의 여인'에게 붙잡힌다. 두 사람은 가로등 불빛 아래로 왔고, 얼굴을 보고 비명을 지르는 여인을 귀환병이 와락 끌어안는다. 그의 아내였던 것이다.

전란의 상흔을 이렇게 담백하면서도 처절하게, 이렇게 짧은 분량에 담았다는 사실이 놀랍지 않을 수 없다. 전쟁은 이 젊은 부부의 삶에 더 없이 강력한 직격탄을 날렸다. 전쟁으로 인해 인간의 삶이 얼마나 피폐해지는가를 극명하게 드러내는 담화다. 이 작품은 그 주제 및 소재에 있어, 제1차 세계대전 중이던 영국 런던을 배경으로 로버트 테일러와 비비안 리가 주연한 영화 『애수哀愁(원제 Waterloo Bridge, 1940년)』를 연상하게 한다. 문면이 매우 짧지만 거기에 담은 이야기의 파장은 결코 짧지 않다는 뜻이다. 지금까지 문학창작 또는 문학교육의 현장에서는 이와 같은 소설을 손바닥 장掌자를 써서 '장편掌篇小說'이라는 이름으로 불렀다. 곧 일반적으로 꽁트Conte라고 분류되는 소설 형식이다.

소설을 그 분량에 따라 구분할 때 꽁트 · 단편 · 중편 · 장편으로 나눈다. 이 분류법은 작가나 독자를 막론하고 가장 우선적이며 보편적으로 접하는 것이다. 꽁트는 프랑스어로 단편소설이라는 의미이지만, 우리나라에서는 그 개념을 단편과는 엄격히 구별하여 사용해왔다. 대체로 2백자 원고지 20~30매 이내의 분량으로 쓰여지며, 분량이 짧은 만큼 그 내용에 있어서는 착상이 기발하고 구성이 압축적일 것이 요구된다. 「독일군의 선물」에서 볼 수 있듯이 꽁트는 한 사건의 순간적인 모멘트를 붙잡아 간결하고 예리하게 표현되어야 하며 풍자 · 위트 · 유머 등이 나타나야 한다. 날카로운 비판력, 해학적인 필치, 반어적 표현법 등이 수반된다. 아울러 클라이맥스에서의 사건 진전에 예상외의 급박한 전환이 시도됨으로써 독자들의 주의를 강렬하게 환기하는 방식을 취한다.

이에 비해 단편소설은 프랑스어로는 꽁트, 영어로는 short story라 한다. 이는 우선 형식상으로 짧은 소설을 뜻한다. 우리나라의 경우 대개 2백자 원고지 100매 내외의 분량을 가진 소설을 가리킨다. E · A. 포우를 비롯하여 A.체홉, C.모파상 등이 세계 3대 단편작가로 불린다. 이 중 포우는 "단편소설은 적절한 길이로 한번 앉아서 읽어낼 정도의 짧은 것이어야 한다"고 했다. 물론 분량이 짧다고 해서 다 단편이 되는 것은 아니다. B.매튜가 말한 바와 같이, 단편소설은 장편에서 결여되기 쉬운 통일성을 가지지 않으면 안 된다. 간결한 문제, 축약된 구성, 통일된 효과 같은 것들이 단편을 단편답게 하는 항목이다.

이와 같은 성격적 특성으로 인하여, 단편을 길게 늘인다고 해서 장편이 될 수 없으며, 반대로 장편의 내용을 축약한다고 해서 단편이 될 수는 없는 것이다. 세미한 기교 보다는 주제와 사상성의 서술에 비중을 두고, 시대와 사회와 인생의 문제를 총체적으로 다루며, 입체적 인물의 변화·발전하는 성격과 복잡하고 다면적인 구성을 활용하는 것 등이 장편소설만이 가지는 특정적 면모라 하겠다. 이는 단편이나 꽁트에서는 찾아볼 수 없는 소설 장르로서의 특성이라 할 수 있다.

그렇게 본다면 장편과 다르고 단편과도 다른 꽁트로서의 「독일군의 선물」이 오늘에 이르러 스마트소설의 일반적인 요구 조건들을 거의 충족시키고 있음을 확인할 수 있다. 동시에 지금 이 글에서 살펴보고 있는 스마트소설이 앞서의 논의와 마찬가지로 소설 형식의 문학사적 흐름 가운데서 구각舊殼을 벗어던지고 새 옷을 덧입는 모습을 보여주지만, 그 내면에 흐르는 '짧은 소설'로서의 문맥은 해묵은 과거로부터 온 것이라 하겠다. 이제껏 우리가 스마트소설의 유형과 규격으로 제시한 모든 조건들이 이 짧은 소설 가운데 잠복해 있기 때문이다. 그러기에 새로운 시대정신을 담아 새 소설형식을 추동推動하는 스마트소설이 굳이 그 지위나 평판을 획득하기 위해 많은 수고를 경주할 필요가 없다. 요는 「독일군의 선물」처럼 뛰어난 작품으로써 말하면 그만일 터이다.

속도와 효율의 시대, 공감의 개화開花

우리 삶의 현실에서 사회적 영역이 확장되고 경제의 범위가 팽창하던 시대에 '작은 것이 아름답다'라는 역설적 레토릭이 있었다. 오늘과 같이 물질문명이 팽배하고 지식의 총량이 무한대로 늘어나는 시대에 있어서도 '짧은 것이 선善이다'라는 상징적 표현법이 통용될 수 있다. 지난날의 문학사에서 이 '짧은 것'에 대한 실험이 여러 모양으로 있었고, 그 연장선상에 오늘의 스마트소설이 있는 것이 사실이다. 빅톨 위고는 『레 미제라블』의 출판을 의뢰한 뒤 출판사로 편지를 보냈다. 그의 편지에는 단 한 글자 '?'이 적혀 있었고, 출판사는 역시 단 한 글자 '!'로 답신을 보냈다. 이 불후의 명작은 그렇게 해서 세상에 나왔다. 비슷한 사례가 또 있다.

어니스트 헤밍웨이의 소설에 대해 부정적으로 생각하던 한 사람이 헤밍웨이에게 이렇게 말했다. "단 여섯 단어로 사람들의 심금을 울리는 소설을 쓸 수 있다면 그대를 인정하고 고액의 원고료를 지불하겠다." 헤밍웨이는 곧 다음과 같은 소설을 썼다. "한 번도 신지 않은 아기 신발 팝니다(For Sale: Baby shoes. Never Worn)." 이 짧은 문장을 읽으면 꼭 팔아야 하는 어려운 사정, 그것도 한 번도 신지 않은 신발, 어린 아기의 것 등의 정보를 만나게 된다. 여섯 단어 20여 글자로 된 이야기 속에 어쩌면 아기가 태어나자마자 죽었고 그 아기의 부모가 매우 가난하다는 사실을 짐작할 수 있다. 이처럼 짧은 글이 오히려 상징적이고 압축적이며, 많은 담론을 감성적으로 전달할 수 있음을 볼 수 있다.

그런데 중요한 것은 짧다는 데 있는 것이 아니라 그 짧은 가운데 어떤 내용을 담아내느냐에 있다. 더 나아가면 글쓰기에 있어 기법이나 기교보다 창작자의 인식과 그에 반응하는 수용자의 감동이 훨씬 더 값이 나간다고 할 수 있는 것이다. 좋은 글을 쓰는 전제조

건으로 동양문화권의 당송팔대가 중 한 사람인 구양수는 다독多讀 다작多作 다상량多商量을 말했고 서양문화권의 실존주의 철학자 쇼펜하우어는 꼭 같이 세 영역을 얘기했으나 그 중에서 다상량을 훨씬 강조해서 말했다. 짧고 스마트한 분량에 생각의 깊이를 담고 그것이 독자들에게 긴 글보다 더 깊은 이해와 공감을 촉발할 수 있다면 그것이야말로 스마트소설이 목표로 하는 유암柳暗하고 화명花明한 경계라 하지 않을 수 없다.

짧은 것이 대세를 형성하는 속도감과 효율성의 시대에 소설과 다른 편에 서 있는 시에 있어서도 길고 난해한 문자 시를 넘어 쉬운 시, 짧은 시를 지향하는 문예운동이 사뭇 활발하다. 언필칭 '디카시운동'이 바로 그것이다. 디카시는 디지털 카메라와 짧은 시문詩文의 결합, 그 순간 포착의 영상과 촌철살인의 언술로 동시대의 첨예한 감각을 표현한다. 처음에는 남녘 지방에서 시작하여 삼남 일대를 휘돌고 다시 한국 전역으로 확장되었다가, 이제는 미국 중국 등 세계화의 길로 나아가고 있다. 디카시와 같은 문예창작의 형상을 찾아보면, 우리 고전의 단시조短時調나 일본의 하이쿠俳句가 외형에 있어서는 그 전 단계라 할 수 있다. 디카시는 그 단문의 한계를 넘어 시대적 조류인 디지털 영상과 화해롭게 연대한다.

영상문화의 시대로 이행되는 변환의 과정과 그 시대를 살아가는 사람들의 표현 욕구를 가장 적절한 방식으로 수용한 것이 예술적 공감을 불러온 셈이다. 그러한 공감은 어느 시대를 막론하고 결코 헐값으로 주어지는 법이 없다. 대략 구색을 갖춘 평범한 창작은 값이 없다. '놀랍지 않으면 버려라'라는 예술지상주의의 권면은 그에 대한 경각심을 지칭한다. 우리가 여기서 애써 운위하고 있는 스마트소설 또한 그 의미의 범주 안에 있다. 그렇게 예리한 감각을 자랑하는 언어적 표현을 강구하는데 어쩌면 멀고 긴 고난의 장정을 걸어야 할 수도 있다. 그동안 전통적 문학세계에서 위명偉名을 얻은 문인들이 언어와 문장의 조탁 그리고 담화의 완성에 기울이는 열정과 고투를 생각해 보아야 한다. 그리하여 한 행 한 어휘를 얻기 위해 온 밤은 밝힐 수도 있다.

1 우리문학의 새 얼굴, 그 원초적 궤적

어느 시인이 하이쿠를 번역한 시집에 '한 줄도 너무 길다'라는 표제를 붙였다. 매우 정제된 언어가 아니면 디카시에 있어서도 여러 줄을 넘어가는 것이 중언부언이나 췌언의 연속일 수 있고, 스마트소설에 있어서도 당연히 그러할 것이다. 이 새로운 시대의 창작과 독서 취향을 반영하는 문예장르들은 그동안 한국 근·현대문학 100년을 지배해 오던 본격문학의

이론적 멍에를 탈피하여 새로운 문학사를 기록해 나
갈 것이다. 이제까지의 창작과 이론이 그 서론을 썼
다면 그 다음의 본론이나 각론은 이제부터 마땅이 펼
쳐진 형국이다. 기존 문학사의 갈피에 잠복해 있는
원초적 궤적을 거울삼고 앞으로의 방향성에 대한 의
욕을 디딤돌로 하여, 그 촉수와 발걸음이 어떤 수확
을 거두어들일지 '매의 눈'으로 지켜볼 일이다. ✱

짜 ㅇ ㄱㅇ ㄷㅇ ㄱ ㄱ ㄱ ㄱㄷ

카피라이트라는 글의 유형이 스마트소설의 외형과 매우 유사하다는 사실은 거듭 되새겨볼 필요가 있다. '고객'의 흥미를 유발하고 주목을 집중하게 하며, 소비 구매의 욕망과 행동을 유발하는 것이 카피라이트의 목표다. 이를 예술적 취향으로 치환한 소설적 글쓰기가 스마트소설의 형용이다.

짧은 글에 담은 깊고 긴 감동

2

짧은 글에 담은 깊고 긴 감동

짧은 글이 공여하는 감동의 내력

우리 고전, 시조의 경우

말이 간략하면서도 그 속에 깊은 의미를 담고 있을 때, 우리는 그 발화자를 경외한다. 인간의 사상과 감정을 최대한으로 축약하고 이를 운율에 실어서 표현하는 시에 있어서는 더 말할 나위가 없다. 항차 시는 인류 역사에 예술의 효시이자 '짧은 예술'의 발원에 해당한다. 한국문학의 옛 선조들은 짧은 시의 문면에 진중한 생각을 담는 데 능숙했다. 한시에 있어서 절구絶句나 율시律詩의 형식이 그렇고, 시조 또한 기본이

3장 곧 3행으로 제한되어 있다. 그 짧은 문면에 우주 자연의 원리와 인생세간의 이치를 수용하여 이를 후대에 남겼다. 한국문학사를 풍성하게 장식하고 있는 그 많은 시조 가운데 하나를 들어 보겠다. 고려시대의 문인 이조년의 시조다.

> 이화에 월백하고 은한이 삼경인제
> 일지 춘심을 자규야 알랴마는
> 다정도 병인 양하여 잠 못 들어 하노라

'흰 배꽃에 달빛마저 하얗게 부서지는 밤, 하늘의 은하수가 깊은 밤을 알려주고 있다. 그 가운데 한 가닥 봄 마음을 두견새인들 알겠냐마는, 정이 많고 깊은 것이 병이 되어 그대로 밤을 밝히고 있다'는 말이다. 계절로 보면 봄밤일 터이고 시간으로 보면 한 밤중이다. 풍광의 처연한 아름다움과 가슴 설레는 동계 動悸가 거기에 있다. 이를 감각할 수 있는 서정의 흐름이 영혼을 맑게 씻어줄 수 있을 듯하다. 한국의 이름 있는 시인 조지훈은 이 시조의 종장을 빌려 그의 시「완화삼」의 끝막음에 썼다. '다정하고 한 많음도 병인 양하여 달빛 아래 고요히 흔들리며 가느니'가 그 구절이다.

한국에서 가장 오랜 시조집 『청구영언』에 전하는 조선조 기생 황진이의 시조들은, 시대적 한계와 신분의 제한을 넘어서는 절창이다. 그 기량에 있어 사대부 선비의 시조에 굴하지 않는 기생들의 시조가 많은 것은, 이 문학의 형식이 난해하지 않고 길지 않다는 데 일말의 이유가 있다. 그런데 짧고 쉬우면서 깊은 뜻을 안고 있는 시나 글이 결코 만만할 리 없다. 조금 범위를 넓혀서 보면, 인간을 영생의 길로 인도하는 종교의 경전은 그 기본적인 가르침의 언술이 어떤 경우라도 길지 않고 어렵거나 복잡하지 않다.

대가일성大家一聲의 짧은 시

한국 서울의 중심가인 광화문 네거리에 큰 사옥을 가진 어느 기업이, 그 건물 외벽에 초대형 '글판'을 운영하고 있다. 이른바 '광화문 글판'이라 불리는 공익성 글 게시 캠페인이다 짧은 시의 전문全文 또는 시의 한 구절을 선정하여 계절마다 바꿔 거는데, 그 세월이 벌써 30년이다. 이 소문난 걸개 시화전은 도심都心의 미관을 시원하게 하고 광화문 거리를 지나는 하루 1백만 명의 시민들을 즐겁게 한다. 25년이 되던 2015년, 모두 1백 편의 게시된 시를 두고 설문조사를 했더니 1위로 꼽힌 시가 나태주의 「풀꽃」이었다.

자세히 보아야 예쁘다
오래 보아야 사랑스럽다
너도 그렇다

정말 짧은 시다. 모두 석 줄밖에 안되니 그 글판에 전문을 새길 수 있었다. 경구처럼 짧은 시 한 편이 각자의 가슴에 남기는 감동은, 사람마다 다르고 또 그 가슴의 상태에 따라 다를 수밖에 없다. 그런데 여기서 강조하여 말하고 싶은 것은, 바로 그 짧은 시의 힘과 쓸모에 관해서다. 심금을 울리는 감동은 많은 말이나 긴 글에 의지하지 않는다. 그래서 고어 중에는 극단적으로 촌철살인寸鐵殺人이란 용어도 있다. 짧고 쉽지만, 교훈과 감동을 가진 글이 오래 간다. 시도 그렇다. 더욱이 요즘처럼 신산스러운 삶과 고단한 정신을 견뎌야 하는 시대에 있어서는 더욱 그렇다.

한국 시단의 대가大家들이 남긴 짧은 시가 사람들의 입술에 오래 머무는 현상은 이러한 세태를 반영한다. 다음은 작고한 저명 시인 조병화(1921~2003)의 「해인사」라는 시다.

> 큰 절이나 작은 절이나
> 믿음은 하나
> 큰 집에 사나 작은 집에 사나
> 인간은 하나

사찰의 크기와 믿음의 수준을 재는 눈으로 사람 사는 집의 크기와 인간됨의 수준을 재는, 놀라운 대비對比와 각성의 도식을 이끌어냈다. 본질적인 것은 외형에 좌우되지 않는다. 이 짧은 시에는 눈에 비친 경물과 눈에 보이지 않는 인간사의 이치를 통찰하는 사유思惟의 깊이, 그리고 시적 완성도가 함께 결부되어 있

다. 다시 한 편의 시를 더 보기로 하자. 고은의 「그
꽃」이라는 시다.

　　내려갈 때 보았네
　　올라갈 때 못 본
　　그 꽃

　인생에 여러 굴곡이 있음을 모르는 이는 없을 것이
다. 어느 누구보다 이 시인의 삶이 그렇다. 그러나 삶
이 어떠하든 시는 그 자체의 미학적 가치를 그대로
지닌다. 오랜 연륜에 걸쳐 그 굴곡들을 두루 밟아 보
지 않고서는 인생의 숨은 내막을 모두 체현하기 어렵
다. 지식으로 알고 있는 것과 경험으로 겪어서 아는
것은 다르다. 이 짧은 시 한 편에는 그와 같은 세상살
이의 웅숭깊은 내면, 일생의 시간을 대가로 지불하고
서야 체득할 수 있는 깨우침의 교훈이 잠복해 있다.
사정이 그러한데 어떻게 이러한 시를 수발秀拔하다
하지 않겠는가.

짧은 시가 대세라는 말은, 근래의 한국문단에서 '극極서정시' 운동을 벌이고 있는 일군의 시인들에 이르러 현실적 효력을 증대한다. 일반적인 독자를 시의 이해로부터 멀리하는 난해함을 배격하고, 인간의 서정적 감성을 발양하는 시를 쓰되 짧고 울림이 있는 방식으로 하자는 것이다. 소통 불능의 장황하고 난삽한 시의 실험적 행렬에서 벗어나, 누구나 쉽게 공감할 수 있는 언어로 짧고 간결하게 쓰자는 시 운동이다. 시인이자 문학평론가인 최동호의 주창과 더불어 조정권, 문인수, 이하석 등의 시인들이 그 중심에 섰다.

물론 쉬운 시가 좋은 시라는 등식이 언제나 통용되는 것은 아니다. 한국문학, 더 나아가 세계의 문학에는 의미 해독이 어렵고 상징성이 강한 명편의 시들이 즐비하다. 하지만 문학의 독자가 점점 작품으로부터 멀어지는 오늘의 현실에 비추어, 이 독자친화의 서정시 운동이 갖는 효용성은 결코 가볍다 할 수 없는 것이다. 그렇게 세상이 변하고 시대정신도 바뀌어가는 마당에, 이제는 문자문화 활자매체의 시대에서 영상문화 전자매체의 시대로 문화와 문학의 중심축이 이동하고 있다. 이와 같은 때에 한국에서 짧고 감동적인 시의 새로운 장르로 부상한 것이 '디카시'다.

디카시는 디지털 카메라와 시의 합성을 말하는 새로운 시 형식이다. 근자의 한국인이면 누구나 손에 들고 있는 스마트폰으로 순간 포착의 사진을 찍고, 그 사진에 밀착하는 짧고 강렬한 몇 줄의 시를 덧붙이는 것이다. 일상의 삶 가운데 가장 가까이 손에 미치는 영상 도구를 활용하여 가장 쉽고 공감이 가는 감각적인 시의 산출에 이르는, 현대적 문학 장르라 할 수 있다. 그러한 영상시의 유형이 가능하리라는 생각과, 그것을 시의 방식으로 추동하고 더 나아가 하나의 문학운동으로 이끄는 행위 사이에는 큰 차이가 있다.

이상옥을 비롯한 한국 남부 지역의 시인들로부터 시작된 이 시 운동은, 누구나 디카시 시인이 될 수 있다는 보편성과 개방성이 강점이다. 짧고 강하고 깊이 있는 시, 거기에 생동하는 영상의 조력을 함께 품고 있는 시의 형식이 폭넓게 확산되는 경과를 보이는 것은 매우 당연한 일인지도 모른다. 앞으로 우리가 살아갈 세상의 모습이 어떠하든지 간에, 이처럼 손쉽게 독자와 만나고 교유하는 시의 방식이 시드는 법은 없을 것이다. 그러나 이 짧은 시들의 행렬이 보람을 다하도록 하는 것은 결국 그 시에서 삶을 읽는 우리 마음의 수준이 아닐까 싶다.

짧은 소설의 운명이 소환된 까닭

스마트소설의 형식 실험

시에 있어서 디카시가 짧은 글의 시대적 교두보를 형성하기 시작했다면, 소설에 있어서는 곧 스마트소설이다. 이는 기존의 소설 미학이 갖는 일반적 속성에 바탕을 두고 거기에 창작심리의 새 국면과 독자친화의 새 관계를 설정했다. 창작자에 있어서는 변화하는 시대정신의 속도와 정보의 극대화를 반영할 수 있는 요점 및 핵심의 서사적 발화를 수용하는 것이다.

수용자에 있어서는 복잡다단한 현실적인 삶 가운데서 꼭 필요한 자료만 열람하기를 원하고 또 그것이 이해하기 쉬운 반면에 감성의 반향 판을 두드릴 수 있는 콘텐츠여야 하는 것이다. 이 양자가 조화롭게 악수할 수 있는 소설 형식이 스마트소설이다.

스마트소설이 소설가이자 카피라이터였던 박인성의 글쓰기와 관련이 있다는 사실은 지난번 글에서 살펴본 바와 같다. 그의 개인사적 행적은 제하여 두고, 카피라이트라는 글의 유형이 스마트소설의 외형과 매우 유사하다는 사실은 거듭 되새겨볼 필요가 있다. '고객'의 흥미를 유발하고 주목을 집중하게 하며, 소비 구매의 욕망과 행동을 유발하는 것이 카피라이트의 목표다. 이를 예술적 취향으로 치환한 소설적 글쓰기가 스마트소설의 형용이다. 스마트소설이 지향하는 창작과 수용의 방향성, 그 효용성과 성과 도출의 방식이 카피라이트의 그것과 궤軌를 같이한다고 할 수 있다. 이는 달리 말하여 스마트소설이 과감하게 기존 소설의 구각舊殼을 탈피할 수 있다는 의미이기도 하다.

스마트소설은 오늘날과 같은 정보 홍수 시대에 정확하고 값있는 메시지를 전달할 수 있어야 한다. 짧고 난해하지 않고 반전의 구조와 감동의 유발이 함께 이루어지는, 쉬우면서도 어려운 글쓰기의 새로운 유형인 셈이다. 그동안 전통적인 소설 창작법에서 단편이나 콩트가 누리고 있던 위상이 지속적으로 침해받는 것은 시대와 사회상의 변화 때문이다. 엽편소설葉篇小說, 초단편超短篇, 미니픽션Mini-fiction 등 서로 엇비슷한 짧은 소설의 유형들이 공존한 것도 이를테면 다층적으로 분화된 현대 소비사회와 그에 반응한 문학의 성격을 판독하게 하는 사례다. 스마트소설이 이 여러 방식의 감각을 포괄한 채 참으로 '스마트'한 형식 실험을 지속하는 것은, 동시대 예술의 '운명'과 면대한 까닭이요 그 소명을 감당하는 과정이라 할 것이다.

짧아서 더 강렬한 글들

지난번 글에서 언급한 어네스트 헤밍웨이의 초단편소설 "한 번도 안 신은 아기 신발 팝니다(For sale: Baby shoes never worn)"는 플래시 픽션Flash fiction이라는 이름으로도 불린다. 스마트폰을 자기 안의 소우주인양 여기고 거기서 명멸하는 순간적인 정보에 판단력을 의존하는 현대인들에게, 이처럼 짧고 강력한 문면의 글은 몸에 맞는 옷처럼 잘 어울리는 문예 형식인 셈이다. 세월이 흘러 2012년에는 저명한 작가 제니퍼 이건이 《뉴요커》지의 트위트 계정에 소설을 연재하고, 2014년에는 역시 명확한 자기 이름을 가진 장편소설 작가 데이비드 미첼이 280개의 트위트로 완성된 소설을 발표하기도 했다. 2013년에는 이 분야에서 활동한 리디아 데이비스가 작품이 아닌 활동 자체로 예술적 가치를 인정받아 맨부커 상을 수상하기도 했다.

헤밍웨이의 경우와 같이 짧은 글 한 줄로 소설의 이름을 사용한 사례는 20세기 초 중남미에서도 발견된다. 과테말라 작가 아우구스토 몬테로소의 「공룡」은 일곱 단어로 되어 있다. "깨어나 보니 공룡은 아직도 거기에 있었다." 이 글은 '명품'으로 인정받았고 수백 배의 단어를 사용한 작품 해석들이 쏟아졌다. 이 글을 패러디한 작품을 또한 성시成市를 이루었다. 그 중

가장 눈에 띄는 하나는 에두아르도 베르티의 「또 다른 공룡」이다. "공룡이 깨어났을 때 신들은 아직도 거기 있었다. 서둘러 나머지 세상을 창조하면서." 이러한 창작 방법론의 배면에는 문학에 더 이상 새로울 것이 없다는, 또는 과거의 방식으로는 도저히 새로운 시대상을 담아낼 수 없다는 인식이 웅크리고 있다.

미니픽션이란 용어와 그에 상응하는 작품 활동은 20세기 초 남미 작가들로부터 시작되고 활황을 이루었다. 이를 번역하여 엽편소설, 또는 핵편소설이라고도 한다. 모두 1,000자 내외의 초미니 창작물이며 '산문의 하이쿠'라는 별명을 갖고 있기도 하다. 한국 문학에도 이와 같은 방식으로 창작을 하는 작가들이 늘어나고 있는 추세다. 이는 21세기에 들어선 이래 더욱 다양하고 급박하게 변화하는 현실 속에서, 그 현실에서의 삶을 가늠하며 그에 걸 맞는 예술 장르를 탐색하는 현대인의 기호를 보여준다. 이러한 정황 가운데 짧은 소설은 급기야 간결과 압축, 그리고 풍자와 아이러니와 역설의 기법을 도입할 수밖에 없었다. 우리의 스마트소설도 마침내 그러한 현상의 연장선상에 있다.

다시 되돌아 보는 스마트소설들

스티브 모스와 55단어의 소설

"좋은 것은, 짧다면 두 배로 좋다." 스페인의 작가 벨타사르 그라시안의 말이다. '세상에서 가장 짧은' 이라는 수식어는 우리가 살펴본 문학의 언저리 여기 저기, 여러 작품에 부여되어 있음을 보았다. 바로 그 수식어를 표식으로 붙여놓은 55단어로 된 소설들의 작품집이 있다. 모두 2권으로 되어 있는 『세상에서 가장 짧은 영어 소설』, 저자는 미국 작가 스티브 모스 다. 이 소설집의 맨 처음에 수록된 작품「침실에서」는 다음과 같다.

"조심해. 그 총 장전되어 있어."
그는 침실로 다시 들어서면서 말했다.
그녀는 침대 머리맡에 등을 기대고 앉아 있었다.

"이 총으로 부인을?"

"아니, 그건 너무 위험해. 청부업자를 고용해야지."

"나는 어때요?"

그는 씩 웃었다.

"순진하긴. 어떤 바보가 여자를 고용하겠나?"

그녀는 총구를 겨누며 입술을 적셨다.

"당신 부인."

— 스티브 모스, 「침실에서」

"Careful, honey, it's loaded."

he said, re-entering the bedroom.

Her back rested against the headboard.

"This for your wife?"

"No. Too chancy. I'm hiring a professional."

"How about me?"

He smirked.

"Cute. But who'd be dumb enough to hire a lady

hit man?"

She wet her lips, sighting along the barrel.

"Your wife."

— Steve Morse, 「BEDTIME STORY」

이 책을 번역 출간한, 정한PNP라는 출판사의 서평을 보면 이렇게 되어 있다. "이 가운데는 살인과 흥분, 공포와 음모, 사랑과 배신, 그리고 멀리 떨어진 외계 세상과 인간 내면의 악마적 요소 등 인간이 살아가면서 겪을 법한, 혹은 전혀 이질적일 수도 있는 모든 것들이 응축되어 담겨 있다. 그것도 모두 영어 55단어로만 이루어진 작품들 속에." 이 작품 「침실에서」도 이 서평에 여실히 부응하는 면모를 가졌다. 55단어의 짧은 소설임에도 불구하고.

오 헨리의 「20년 후」

엄밀하게 말해서 스마트소설을 소설의 한 영역으로, 더 정확하게는 아주 짧고 간략한 소설의 한 영역으로 분류하는 이면에는, 스마트소설은 일반적인 소설이 가진 장르상의 특성을 물려받는 것이라는 인식이 전제되어 있다. 그렇기 때문에 스마트소설을 전통적인 소설론의 시각으로 검색한다 할지라도 그 장점이 잘 드러나게 된다. 이는 또한 그동안 문학사에 이름을 남긴 단편소설들, 특히 분량이 매우 짧은 소설들을 스마트소설 논의의 틀 안에서 점검해보아도 무리가 없다는 사실을 반증한다. 오히려 그 짧은 소설들이 가진 유별난 면모들이, 시대를 앞서서 다음 세대 독자들의 기호가 요구할 필요조건들을 서둘러 충족시켰다는 평가를 가져올 수 있다. 그러한 관점에 기대어, 여기서 오 헨리의 이름 있는 단편 「20년 후」의 전문全文을 살펴보기로 한다.

순찰 경관이 의젓하게 큰길을 걸어가고 있었다. 약간 거드름을 피우는 것처럼 보이기도 했으나 일부러 그러는 게 아니라 그의 습관이었다. 보고 있는 사람이 아무도 없었으니까. 시간은 이제 겨우 밤 10시가 될까 말까 하는 무렵이지만 습한 찬바람이 사납게 불어서 한길을 왕래하는 사람은 거의 없었다.

곤봉을 빙빙 솜씨 있게 돌리면서 이따금 조심스러운 눈으로 거리며 집들을 살핀다. 몸이 완강하고 걸음걸이가 의젓한 이 경관은 시민의 치안을 보호하는 경찰관의 훌륭한 표본이었다. 이 근방은 일찍 자고 일찍 일어나는 거리이며, 곳에 따라서는 담배 가게나 밤새도록 열고 있는 노점 식당의 등불이 보이기도 했으나 대개 회사 건물이며 그 입구는 일찍이 닫혀 있었다.

어느 지점에 이르렀을 때 경관은 갑자기 걸음을 늦추었다. 캄캄한 철물상 점포 앞에 한 사나이가 불이 붙지 않은 잎담배를 물고 벽에 의지해서 서 있었다. 경관이 다가가니까 그 사나이가 먼저 얼른 말을 걸었다.

"염려 마십시오."

하고 경관을 안심시키려는 듯 말했다.

"뭐, 그저 친구를 기다리고 있는 겁니다. 이십 년 전에 약속한. 좀 이상하지요? 그럼 사정을 얘기할까요. 거짓말이 아니라는 것을 알고 싶으시다면. 약 이십 년 전 바로 이 자리에 한 음식점이 있었죠. '빅 조우'란 별명이 붙었던 브레디가 경영했던 음식점 말입니다."

"오 년 전까지 있었죠."

경관이 말했다.

"오 년 전에 철거되었습니다."

2 짧은 글에 담은 깊고 긴 감동

서 있던 사나이는 성냥을 켜서 잎담배에 불을 댕겼다. 그 불빛에, 눈이 날카롭고, 턱이 네모진 창백한 얼굴과, 오른편 눈썹 옆에 찍힌 조그만 상처자국이 떠올랐다. 넥타이핀은 묘한 방식으로 끼운 큼직한 다이아몬드였다.

"이십 년 전 오늘밤."

하고 사나이가 말했다.

"나는 '빅 조우' 브레디의 음식점에서 지미 웰즈와 함께 저녁을 먹었습니다. 나의 가장 다정한 친구, 이 세상에서 제일 훌륭한 친구였지요. 그 친구도 나도 이 뉴욕에서 자랐습니다. 형제와 다름없이. 그때, 나는 열여덟이었고, 지미는 스물이었습니다. 나는 그 이튿날, 한 재산 잡기 위해 서부로 떠나기로 돼 있었어요. 지미는 무슨 일이 있더라도 뉴욕을 떠나지는 않는다는 겁니다. 이 세상에서 뉴욕보다 더 좋은 곳은 없다는 생각이었으니까요. 그래서 우리는 약속을 했습니다. 그날 밤. 이 시간에서 꼭 이십 년이 지난 뒤에 바로 이 자리에서 다시 만나자. 어떤 신분이 돼 있더라도, 얼마나 먼 곳에서라도 반드시 여기 와서 만나자고. 이십 년 후에는 피차 운이 열려서 한 재산 만들게 되겠지 하고 마음의 결심을 했던 겁니다."

"그거 참 재미있군요."

경관이 말했다.

"하지만 재회까지 이십 년이라는 세월은 좀 긴 것 같
군요. 그래, 일단 헤어진 후 그 친구한테서 무슨 소식은
없었소?"

"있었어요. 얼마 동안은 서로 편지 왕래가 있었습니
다."

하고 사나이는 말했다.

"그러다가 일이 년이 지나자 피차 소식을 모르게 됐어
요. 아시겠지만, 서부라는 곳은 대단히 활발합니다. 일
거리가 많아요. 나는 부지런히 돈벌이를 하였습니다. 그
러나 지미는 반드시 나를 만나러 여기 올 겁니다. 죽지
않은 한은. 지미는 정말 고지식하고 정직한 사람이었으
니까요. 약속을 잊어버릴 리가 없습니다. 나는 일천 마
일이나 먼 여행을 해서 왔어요. 오늘 이 자리에 서기 위
해. 옛날 다정했던 친구가 나타나기만 하면 그것만으로
일천 마일을 달려온 값어치는 있습니다."

옛 친구를 기다리는 사나이는 훌륭한 시계를 꺼냈다.

뚜껑에는 다이아몬드가 박혀 있었다.

"열 시 삼 분 전."

하고 사나이가 말했다.

"꼭 열 시 정각이었어요. 우리가 이 음식점 문 앞에서 작별을 한 것은."

"서부에 가서 한 밑천 잡았겠지요?"

경관이 물었다.

"그야 물론이지요. 지미도 나의 절반쯤은 성공을 했겠지요. 하지만 그 친구는 어느 쪽인가 하면 아무래도 좀 느린 편이었습니다. 성품은 썩 착한 사람이었지만. 나는 서부에서 남의 돈을 빼앗으려고 하는 약삭빠른 놈들과 경쟁을 하지 않으면 안 되었습니다. 뉴욕에서는 하는 일이 모두 그날그날 판에 찍은 것처럼 빤하지만, 서부에서는 잠시도 안심을 못합니다."

경관은 곤봉을 빙빙 돌리면서 두세 걸음 내디뎠다.

"나는 가겠소. 당신 친구가 틀림없이 오기를 바라오. 시간은 일분도 유예를 하지 않을 작정입니까?"

"기다리구말구요!"

하고 사나이는 말하였다.

"글쎄, 한 삼십 분 정도는 기다려야겠지. 이승에 살아 있다면 지미는 그때까지는 반드시 올 겁니다. 잘 가십시오, 경관나리."

"그럼."

하고 경관은 그가 담당한 구역을 살펴보면서 걸어갔다.

차가운 이슬비가 내리고 있었다. 여태까지는 간간이 불던 바람이 끊임없이 불기 시작했다. 극히 드문드문한 행인들은 입을 다물고 옷깃을 여미고 호주머니에 손을 찌르고서 바쁜 걸음으로 지나갔다. 먼 옛날, 젊은 시절의 친구하고 맺은 약속을 지키기 위해 일천 마일의 길을 달려온 사나이는 철물상 앞에서 잎담배를 피우며 기다리고 있었다.

약 20분쯤 기다리고 있으려니, 기다란 외투를 입고 외투 깃을 귀밑까지 세운 키 큰 사나이가 길 저쪽에서 급히 건너오더니 곧장 기다리고 있는 사나이에게로 다가갔다.

"너, 보브냐?"

하고 그 사나이가 그다지 확실하지 않는 투로 말했다.

"넌 지미 웰즈냐?"

2 짧은 글에 담은 깊고 긴 감동

철물상 앞에 서서 기다리던 사나이가 큰소리로 말했
다.

"이거 참!"

하고 지금 온 사나이는 상대의 두 팔을 붙잡았다.

"틀림없는 보브구나. 살아 있는 한 반드시 여기서 만
날 줄 알았다. 그러나 저러나 이십 년이라니, 정말 많은
세월이 흘렀구나. 옛날 식당은 없어졌어, 보브. 그래도
있었더라면 좋았는데. 여기서 또 같이 저녁을 먹을 수가
있었을 텐데. 그래 서부는 경기가 어떻던가?"

"그야 대단하지. 내가 바라는 건 뭐든지 다 있어. 너도
변했구나 지미. 넌 내가 생각했던 것보다 키가 두세 치
더 크구나."

"스물이 넘어서 키가 컸어."

"뉴욕에서는 어떻게 지내고 있었니, 지미?"

"그런대로 잘 있었지. 지금은 시청에 근무하고 있네.
자 가세, 보브. 내가 잘 아는 집에 가서 천천히 옛날얘기
나 하자꾸나."

두 사람은 팔짱을 끼고 걸어갔다. 서부에서 온 사나이
는 성공이 자랑스러워서 출세한 경로를 한바탕 늘어놓

스마트소설 이렇게 쓴다

기 시작했다.

상대는 외투 깃에 가려진 얼굴에 흥미로운 표정을 띠고 듣기만 했다.

길모퉁이에 환하게 전등을 켠 약국이 있었다. 그 밝은 등불 밑에 이르렀을 때 두 사람은 동시에 고개를 돌려 상대의 얼굴을 들여다보았다.

서부에서 온 사나이는 우뚝 걸음을 멈추고 팔짱을 풀었다.

"넌 지미 웰즈가 아냐."

하고 물어뜯을 것처럼 외쳤다.

"이십 년이라는 세월이 아무리 길다 해도 매부리코가 납짝하게 주저앉을 만큼 길지는 않아."

"하지만 이십 년 동안에 착한 사람이 악한惡漢이 되는 예는 있겠지."

하고 키 큰 사나이가 말했다.

"넌 지금 끌려가고 있는 거야, 보브. 아마 이쪽으로 올 것 같다고 시카고에서 전보연락이 있었어. 순순히 따라오겠나? 그렇다면 다행이지. 서에 가기 전에 여기 부탁받은 편지가 있으니 이 창 밑에서 읽어 보게나. 외근하는 웰즈 군이 쓴 편지일세."

서부에서 온 사나이는 조그만 쪽지를 받아 손에 펼쳤다. 읽기 시작할 때는 아무렇지도 않던 손이 미처 다 읽기 전에 떨리기 시작했다. 편지는 비교적 짧았다.

"보브. 나는 그 시간에 약속한 장소에 갔었네. 자네가 성냥을 켜서 잎담배에 불을 댕길 때 시카고에서 지명수배가 되어 있는 사나이의 얼굴을 나는 본 것일세. 하지만 아무래도 나는 자네를 체포할 수가 없었네. 그래서 한 바퀴 돌고 와서 다른 형사에게 부탁을 한 것이네. ─ 지미로부터."

─ 오 헨리, 「20년 후」

「20년 후」를 쓴 오 헨리는 19세기에서 20세기에 걸쳐 미국의 대표적인 단편소설 작가로 명성을 가졌다. 「마지막 잎새」 「크리스마스 선물」 등이 널리 알려져 있다. 그는 10년 남짓 작가 생활을 하는 동안 무려 300여 편의 단편을 썼다. 1896년에는 은행 공금횡령 혐의로 기소되어 3년 형을 살았는데, 이 시기의 옥중 체험을 소재로 작품을 쓰기 시작했다. 그의 작품들은

스마트소설 이렇게 쓴다

인생의 우연성에 대한 통찰, 냉소적인 유머, 급박하고 감동적인 마무리 등을 동원하여 극적 효과를 유발하는 특징이 있다. 이러한 측면은 여기서 검토하고 있는 스마트소설의 형식 및 내용과 소통되는 바가 크다. 그 소설적 창작 방식은 한동안 그의 트레이드마크가 되어 찬사를 자아냈으나, 이 기법의 유행이 한철 지나자 평론가들로부터 외면을 당하기도 했다.

「20년 후」는 그가 오하이오의 컬럼버스에 있는 교도소에 수감되어 있는 동안, 야간에 약제사로 일하면서 딸 마거릿의 부양비를 벌기 위해 쓴 소설 가운데 하나다. 옥중 소설이 점차 인기를 얻게 되자, 출감 후에는 지속적으로 작품을 썼다. 그의 작품은 단편소설로서 반전의 묘미와 독자의 심금을 울리는 따뜻한 휴머니즘으로 성가聲價를 높였다. 「20년 후」는 경찰과 범인으로 각자의 길을 간 옛 친구의 우정을 다루고 있다. 작가는 시간의 순서를 교묘하게 배치함으로써 극적인 감응을 촉발한다. 대다수 그의 이름 있는 단편이 그러한 것처럼 상황의 반전과 의외의 결말을 맞이하는 구성으로 소설을 읽는 재미와 여운의 효율성

2 짧은 글에 담은 깊고 긴 감동

을 배가한다.

　범인인 친구가 옛 친구에 대해 품고 있는 뜨거운 우정, 경찰인 친구가 그 마음을 익히 짐작하면서도 우정에 앞서 사회적 도의를 지키려는 책임감, 이 두 가지 개념이 20년 세월을 격한 인지상정人之常情의 바탕 위에서 어떻게 작동하고 또 어떻게 결말이 나는가를 보여주는 것이 이 소설이다. 이 소설이 그 문면을 통해 극명하게 드러내는 축약된 분량의 이야기, 흥미와

스마트소설 이렇게 쓴다

감동의 증폭, 그리고 극적 대단원을 소설 내부에 갈무리하는 기법 등은 지금껏 우리가 논거 해온 스마트소설의 특징적 성격에 부합한다. 이처럼 열린 눈으로 세계문학사를 통할해 보면, 동시대의 문화와 문명이 환기하는 스마트소설의 음영陰影이 참으로 넓고 깊게 편만해 있다할 것이다. 계속해서 그 소재와 의의를 궁구窮究하는 것은 이 소중한 지면의 소임이기도 하다. ✣

ㅊㅇㅇ ㅇㅇㅇ ㅎㅈㅇ ㅇㅇ

내 거울에 와서 후명이 얼굴을 본다. 그러고 묻는다.
"나는 이제 어느 문으로 나가야 하나?"
답이 없는 물음이다. 거울인 나와 거울에 비친 후명이 서로 "너에게 묻는 거야!"
할 뿐이다. 그러다 문득 후명은 어느 문으로 빠져 나갔다.
오늘도 나는 참구한다.
'그가 나선 문은 어느 문일까?'

황충상의 명상 스마트소설 『푸른 돌의 말』을 진중하게 통독하고 난 후감은, 이
러한 유형의 소설이 다시 있기 어렵다는 것이다. 스마트소설이라는 명패로는
얼마든지 가능한 내용이요 형식이겠으나, 그 앞의 '명상'을 감당하기가 지난하
리라는 이유에서다.

축약의 언어와 확장의 어의

3

축약의 언어와 확장의 어의語義
— 황충상 명상 스마트소설 『푸른 돌의 말』 깊이 읽기

왜 여기에 명상 스마트소설인가

황충상의 짧은 소설들을 묶은 『푸른 돌의 말』은 '명상冥想' 소설이다. 명상이란 말은 '눈은 감은 채 차분한 마음으로 깊이 생각한다'는 뜻을 가졌다. 이 간략하고 깔끔하고 산뜻한 소설집은 그러나 그 외양과는 달리 쉽사리 책장을 넘기기 어렵게 하는 생각의 축적과 사상의 심층을 끌어안고 있다. 거기에는 작가의 지난날 체험이 아로새겨진 불교적 사유가 침전되어 있고, 동시에 40년 세월의 족적이 실린 문단의 경륜이 결속되어 있다. 더 나아가 이와 같은 명상의 문필

은 이 영역에 대한 오랜 단련과 자기점검이 없고서는 불가능한 글쓰기 형식이다. 지식이 쌓여 지혜를 이루는 것이 아니듯이 세월이 흘러 깨우침에 이른 것이 아니다.

마찬가지로 빈번한 노력이 내면의 성취를 이룬 것 또한 아니다. 이 한 권의 얇은 단행본 소설집이 표방하는 바, 축약된 언어를 통한 확장된 어의語義는 결코 쉽거나 가볍지 않다. 거기에 75년의 생애를 일관해 온 이 작가의 결곡한 품성, 영혼의 바닥을 두드려 보려는 종교성의 핍진한 경향이 잠복해 있는 까닭에서다. 책을 통독해 보면 그러한 내포적 차원의 낮고 잔잔한 목소리와 인생세간에 대한 분별의 눈길을 만나게 된다. 그런가 하면 말과 글과 세상과 사람을 전혀 새롭게 응대하는 세계인식의 방식, 사소한 삶의 굴레를 벗어젖힌 자유로운 담론의 응집을 목격하게 된다. 그러므로 이 소박한(?) 소설집은 하나의 도道에 이르는 문학의 길이며, 문학이 어떻게 도를 실현할 수 있는가를 보여주는 지침서에 해당한다.

『푸른 돌의 말』이 스마트소설인 것은, 작가의 이름

'황충상'을 병기並記하는 것만으로도 충분히 설명이 된다. 주지周知하다시피 그는 스마트소설의 창달자요 진흥자이며 실제 창작을 통해 그 범례를 적시摘示해 온 당사자다. 그런 만큼 그는 어느 누구보다도 스마트소설이 어떠해야 하며 왜 지금 여기서 스마트소설인가를 가장 효율적이고 설득력 있게 해명할 수 있는 책임자다. 짧고! 암시적이며! 이야기의 깊이가 있고! 때로는 반전의 구성 기법을 보여주는 소설! 쓰는 이는 촌철살인의 발의를 담고, 읽는 이는 이심전심의 수용을 이루는 아름다운 상호 소통의 경계境界! 우리는 이러한 소설적 형성의 모형을 일러 스마트소설이라 호명하는 터이며, 그 가장 헌앙한 모범으로 이 소설집을 제시할 수 있다.

그동안 수많은 스마트소설이 창작되고 또 그 이전에 '엽편소설'이나 '미니픽션' 등의 이름으로 유사한 소설들이 여러 지면에 얼굴을 보여 온 것이 사실이다. 하지만 이렇게 본격적인 명호를 내걸고, 더욱이 '명상'이라는 특유한 채색을 부가하여 상재된 소설집은 없었다. 이 책을 스마트소설의 창달과 현양에 있어 교과서적인 표본으로 간주하는 것은 바로 그 때문이다. 책의 표제 '푸른 돌의 말'은 설악무산 오현당의 『벽암록碧巖錄』'역해'와 '사족'을 읽고 작가 자신의 사념을 줄잡아 쓴 것이라 한다. 항차 오현 스님은 동시대의 출세간과 세간, 사찰과 세상의 경계를 넘나들며 선문답을 던지던, 특히 '문학'을 잘 알던 '고승'이었다. 오현당의 발문을 보면 그 서두가 이렇게 되어 있다.

　　글이 순정할 때 자연의 세계를 열어 보인다. 그러기에 글이 참스러울수록 '사족'과 통한다. 시와 소설이 없는 것을 있는 것으로 보여주고자 뱀의 없는 발을 발톱까지 잘도 그려 보이지 않던가.

　오현당이 보기에 자연의 세계를 열어 보이는 것이 순정한 글이다. 있는 그대로의 '자연'과 설명이 부가된 '사족'은 서로 다른 것이 아니다. 이를테면 시나 소설과 같은 문학의 세계, 예술의 세계에서 특히 그렇다. 문학이 가진 허구의 강점을 이렇게 요연하게 설명할 수 있다니! '뱀의 없는 발의 발톱'을 그려 보이는 문학은, 그 사족의 언어는, 현실의 이야기보다 훨씬 더 사실적이고 감각적이며 설득력이 있는 것이 아니던가. 오현당은 문예이론을 학습한 이가 아니면서, 문학의 본령이 무엇인가를 정확하게 짚었고 동시에 황충상 스마트소설의 입지점을 가장 강력하게 변론한 것이다. 이 말없는 대화는 두 분 다 고수(?)의 반열에 들었다는 후감을 불러온다.

실제로 이 책에 수록된 글 가운데는 오현당을 소재로 한 작품이 여러 편 있다. 거기에는 세속을 초탈한 탈속의 승려가 있는가 하면 혈과 육을 함께 가진 일상의 생활인이 있기도 하다. 비단 오현당뿐이겠는가. 글을 쓰는 작가 자신도 그 양가적 원리를 삶의 내면에 깊이 갈무리하고 있을 것이 불을 보듯 밝다. 『반야심경』이 가르치는 불교의 가장 원론적이고 보편적인 진리, 색즉시공 공즉시색色卽是空 空卽是色이 곧 이러한 마음자리에 걸쳐져 있지 않겠는가. 기실 이처럼 사상적으로 자유로우며 우주론적으로 넓게 펼쳐진 인식의 눈으로 볼 때, 작가의 촉수가 다다르는 세상살이

스마트소설 이렇게 쓴다

의 범주는 그칠 데가 없고 구애될 바가 없겠다. 한정적이고 물질적인 색色의 세계와 평등하고 무차별한 공空의 세계가 서로 다르지 않기 때문이다.

있는 내가 없는 나에게 이야기하고, 없는 내가 있는 나에게 이야기한 이 글을 허공에 뿌린다. 이야기의 씨앗이 누군가 마음밭에 떨어지면 무슨 색깔의 꽃을 피울까. 아득한 생각이 기대와 그리움을 낳는다.

작가의 머리말 가운데 일부다. '있는 나'와 '없는 나'는 동일인이면서 동일인이 아니다. 물리적 개체는 동일하지만 정신이 분화된 세계에서는 분명히 구별되는 인식의 주체다. 이처럼 서로 탄력성 있게 맞서 있는 인식상의 대립적 구도는, 강력한 자기성찰과 내향적 탐색의 방향성을 촉발한다. 이들이 나누는 이야기의 씨앗이 세상에 착근着根하여 새롭게 꽃 피는 날에 대한 '아득한' 생각은 기대와 그리움을 동반한다. 그런데 이렇게 '색'과 '공'을 하나의 가늠대 위에 놓고 거기에 스스로의 삶이 가진 주체적 형용들을 하나

씩 결부해 나가는 것은, 이 소설집에 실린 작품들이
한결같이 공유하고 있는 구조적 특성이다. 작가는 이
'명상' 소설들을 통하여 이를 검색하고 검증해 보려
작심한 듯하다.

세상 어디에도 '모른다나무'는 없다. 그런데 나는 왜
그 나무가 세상 어딘가에 자라고 있다고 믿을까. 이 믿
음의 생각이 나를 힘들어 하게 만든다. 믿음대로 그 나
무가 자라는 것이 아니라 초심자의 화두처럼 망상이 망
상을 낳고 그 망상이 낳은 허상들이 서로 허망하다고 다
투는 까닭에 나는 내가 아닌 지경을 헤매고 있다. 참으
로 죽을 맛이란 이런 것이다.

'그 허상의 나무를 어떻게 이야기해야 할까.'

뿌리도 없고 가지도 없고 잎도 꽃도 열매도 없는 나무
의 이야기, 나는 오히려 이 '모른다나무'에 대한 이야기
를 어렵게 만들고 있는지도 모르겠다. 그렇다고 여기서
모른다나무를 모른다 할 수는 없다.

— 중략

그리고 오현 화상은 돌아앉아 히죽 웃었다. 그 웃음을

보는 순간 문득 나의 생각이 트였다.

'불교의 문자를 허물어버린 화두 모른다나무는 화상의 저 무미한 웃음을 먹고 자랐다. 그리고 달마는 그 나무에 목을 매달았다. 그래서 화두 모른다나무를 참구하면 죽을 맛과 살맛을 넘나들게 되는데, 그 맛이 깊어지면 죽은 달마의 맛을 통해 예수의 부활 맛을 알게 된다는 것이다.'

이 소설집의 서두를 장식하고 있는 첫 글 「모른다나무」 중 일부다. 나무는 산이나 들이나 뜨락에서 자랄 수도 있고 아무런 형체 없이 내 마음밭에서 자랄 수도 있을 것이다. 문제는 나무를 응시하는 나의 인지적 상태요 수준이다. 이 논의의 진진한 심층을 관찰할 수 있다면 '명상' 소설의 독자로서 튼실한 자격을 갖추었다 할 터이다. 결국은 깨우침의 지경을 예시하는 형국인데, 그 본류의 한 대목으로 오현 화상이 등장한다. 필자도 몇 차례 친견親見한 바 있는 화상은, 기실 종잡을 수 없는 인물이었다. 득도의 고덕古德이 거기 있는가 하면 누항陋巷의 속인이 거기 있었다. 그러기에 색과 공의 논리를 한 인격 개체에 적용하여 설명하기에 더할 데 없는 모범답안이었다. 이 소설집이 지속적으로 오현 화상을 탐색하는 것은, 어쩌면 그가 원론과 실상을 함께 보유하고 있어서일 터이다.

말 없는 곳의 길, 또 길 없는 곳의 말

항을 달리했지만, 앞의 인용문에서 한 가지 그냥 넘어온 대목이 있다. 오현 화상의 언술은 그렇다 하더라도, 또 느닷없이 달마가 '그 나무에 목을 매달았다'도 그렇다 하더라도, '화두 모른다나무를 참구하게 되면 죽을 맛과 살맛을 넘나들게 되는데, 그 맛이 깊어지면 죽은 달마의 맛을 통해 예수의 부활 맛을 알게 된다는 것이다.'는 도대체 무슨 말인가. 깊이 있는 철리哲理인가 아니면 언어적 요설饒說인가. 배움이 모자라고 천성이 아둔한 필자로서는 해명할 길이 없으되, 이는 깨달음의 극점에 이르렀을 때 하나의 사상

체계를 관통하여 서로 상반된 종교의 소통에까지 도달하는 개안開眼과 개명開明의 경지를 지칭하는 것이 아닐까.

불교가 가진 보편타당성의 교리와 기독교가 가진 절대타당성의 교리는, 불교의 영역에서는 상호 수용이 가능하지만, 반대로 기독교의 영역에서는 접근 자체가 불가능하다. '자비'와 '사랑'이라는 절대선이 궁극에 있어서는 하나의 강역疆域에 과녁을 둔 화살이라 할지라도 그에 이르는 과정의 동선動線이 판이한 것이다. 그런데 과연 이 글의 논의는 두 개의 거대한 종교적 경전을 뛰어 넘어 '죽은 달마의 맛'과 '예수 부활의 맛'을 하나의 접점으로 연계할 수 있다는 말인가. 전기적 사실에 비추어 보면 이 작가는 두 종교의 요체를 집중하여 학습할 수 있는 시기를 거쳐 왔다. 그렇지 않았다면 이렇게 짧지만 동서양의 사상과 문명, 그리고 종교를 겹친 꼴 눈길로 관찰하는 일은 시도조차 불가능했을지도 모른다.

달마와 예수는 물놀이의 달인이었다. 사람들은 이 달

인의 경지를 두 가지로 평가한다. 물 위를 걷는 것과 서서 떠가는 것은 다르다. 같다. 이 두 가지 믿음의 눈이 신앙을 낳았다. 나의 예수님은 당신의 의지대로 자연을 명령하고 다루었어. 너의 달마는 자신의 의지 없이 자연의 힘을 빌었잖아.

「태양을 훔치러 왔다」라는 글의 서두인 이 예문은 두 종교가 가진 공동선의 지향점에 대한 생각 이외에, 두 종교가 가진 변별성에 대한 생각을 내보이는 경우다. 거기에는 종교성의 심오함이 개재되어 있는 듯하여 이를 언급하기에 조심스러우나, 양자가 어떻게 다른 지점에 서 있는가를 분별하는 관점은 분명해 보인다. 그런데 왜 불교의 대표적 상징으로서 여러 처소에 달마가 출현하는 것일까. 달마는 중국 6세기 초 남북조 시대의 선승仙僧으로, 인도에서 바닷길로 중국에 와서 선종의 초조初祖가 되었으며 불교를 새롭게 혁신했다. 그의 선종은 이 작가가 이 책에서 간단없이 추동하는 '명상'의 본질에 맞닿아있다.

해를 먹으면 해를 낳는다. 만고 진리다. 그런데 어둠이 어둠을 먹으면 밝음이 된다는 소리는 뭘까. 밤 속에 낮이 있고, 낮 속에 밤이 있다는 확인이다.

밤이 대낮에게 외쳤다.

"어떻게 밝은 낮을 어둔 밤이라 하느냐?"

"서서히 아주 서서히 밤을 먹고 낮이 되었거든."

여자가 남자에게 은밀하고 낮은 음성으로 속삭였다.

"오늘 밤 내가 너를 먹는다."

"그래, 서서히 아주 서서히 먹히는 거지."

아침에 남자는 여자가 되어 있었다. 먹고 먹히고 낳고 낳은 이것이 명백이다.

이 예문은 「참 똑똑스럽다」라는 글의 말미다. 우주 자연의 순환 현상이 어느덧 남자와 여자의 교통交通으로 치환되고, 그 경과에 대한 일말의 설명조차 생략되어 있다. 기독교 경전은 이렇게 말 자체를 축약하지 않는다. 성경은 주요한 곳에서 직접적인 언급보다 상징과 암시의 표현법을 사용할 때가 많다. 그렇다면 이 예문에서 목도할 수 있는 언어 용법은 그야

말로 '명상'적인 것이며, 불교의 선종에 훨씬 가깝다. 이 책이 오현당, 만해, 달마 등 한 시대의 획을 그은 고승대덕高僧大德들을 징검다리로 하여 논의를 전개하는 것은 그러한 배경 아래에 있다. 작가는 이와 같은 서술의 방식을 그가 필생의 업으로 수락하고 있는 '문학'을 응시하는 데도 그대로 대입한다.

그 문학의 존재론이 말 없는 곳에서 길을 내고 길 없는 곳에서 말을 이루는 것임은 불문가지의 일이다. 거기에 동원된 무형의 언어와 상상력의 작동은 어쩌면 백척간두 진일보百尺竿頭 進一步나 현애살수懸崖撒手의 정황을 불러올 수도 있겠다. 높고 긴 장대 끝에서 한 걸음 더 앞으로 나가는 것이나, 깎아지른 듯한 절벽에서 잡고 있는 손을 놓으라는 것은, 아주 미소한 자의식의 흔적마저 철저하게 버리라는 뜻이 아니겠는가. 곧 마음의 길을 따라 그 각성의 자유로움을 누리되, 언어의 의미 및 용법에 속박되지 않는 새로운 차원의 글쓰기, 새로운 차원의 문학을 상정하는 것이 아니겠는가. 미상불 이 소설집 전반에 편만해 있는 문학의 유형이 그러하기에, '명상' 소설이라는 표찰

이 가능했던 셈이다.

이 책에 실린 「헛기침」이라는 작품에는, "하긴 이 따위 말은 헛기침에 다름 아니다. 글은, 아니 소설은 좋고 나쁜, 크고 작은 것으로 이야기될 수 없다. 그저 소설은 소설일 뿐이다"라는 해명이 있다. 소설을 두고 '꽥' 하고 소리를 지르거나 '할喝' 하고 탄성을 발하는 것으로 그 저변을 표출하는 선언적 의미망이 또한 거기에 있다. 작가는 마침내 '소설은 사기다'라는 결론에 이르는데, 이 때의 '사기'는 기술방식으로서의 허구나 소설에서 가능한 탈현실 및 초현실의 기능을 말하는 것이 아니다. 소설의 문면이 표방하는 이야기의 사실성 또는 진실성이란 것이, 우리 삶의 본질이나 한 인간의 영혼에 육박하는 데 한계가 있다는 뜻이다.

그것을 수납할 때 소설이 사기이며 사기인 소설이 소정의 문학적 역할을 수행하는 것이라 보는 것 같다. 이처럼 자신의 내부로 향하는 시야가 열릴 때, 「참 미안한 일이다」에서처럼 '화두 뒤쪽에서 시의 여자가 시를 벗고 투명한 몸으로 웃었다'와 같은 문학적 언표言表가 가능하리라 여겨진다. 시와 소설을 그에 대한 접근의 통로나 발화의 문법이 서로 다를 때가 많지만, 문학의 큰 범주 안에서는 동일한 존재태로 종속되어 있다. 이 작가가 소설 창작의 실제를 두고 모처럼 정색하고 정설로 진술하는 대목이 「묘봉은 없다」에 있다.

소설 창작에 있어 방편이 있다 없다 말들이 많다. 그런 사람들은 대개 소설을 배우는 사람이거나 생각으로만 쓰는 사람들이다. 그래서 소설을 제대로 쓰는 사람은 일갈한다. 방편이 있다 해도 소설을 쓰는데 도움이 안 되고, 없다 해도 소설 쓰는 데 도움이 안 되기는 마찬가지다. 여기서 소설은 소설에게 답한다. 허구의 길에 묘봉(신묘로운 봉우리)이 있다면 그것은 신기루다. 대중의 허기를 채우는 신기루.

― 중략

그렇다. 소설의 방편은 '묘봉이다' 하면 이미 묘봉을 지나쳐버린다. 이것이다 하지 말고 그냥 가야 한다. 입을 열고 닫고, 항문을 열고 오므리며 가다가 보면 진리의 순박한 빛이 발등을 비추기도 하고 사라지기도 하는 것이다.

　큰 소설가는 묘봉이 없다에도 매이지 않는다. 그 달관은 그가 쓰는 소설 도처에 묘봉을 만들면서도 묘봉으로 읽히지 않는 그 무엇을 만든다. 그 무엇, 그것은 시간을 초월하여 영원한 본격의 순수가 된다.

　'묘봉은 없다'라고 표기된 글의 제목, 그리고 '큰 소설가는 묘봉이 없다에도 매이지 않는다'는 언술을 함께 살펴보면, 그에게 있어 소설 또는 문학이 모두 유무상통有無相通의 평행선 위에 있다. 그런 연유로 「말할 수 없는 말」에서는 소설에 대해 "뒤집고 멈추지 않으면, 그 틀을 깨지 않으면 이야기는 이야기일 뿐 소설이 될 수 없다"고 단정한다. 그러한 전복顚覆과 해체의 사고를 운용할 때 비로소 "뒤집고 뒤집히는 이야기를 멈추고 이야기 속에서 빠져나오면 거기서부터 이야기는 소설이 된다"는 부연敷衍이 가능하다. 더 나아가 '소설은 아픔으로 끝나서 다시 생성하는 기쁨의 이야기로 부활한다'는 구체적 응용도 가능해지는 것이다.

사람이 있고서 글, 꽃보다 사람

십년수목 백년수인十年樹木 百年樹人이란 옛말이 있거니와, '사람'은 모든 경영의 처음이자 끝이다. 문학인들도 이에서 자유로울 수 없으며 명상 스마트소설인들 이로부터 먼 거리에 있지 않다. 황충상의 이 소설집에도 '사람'에 대한 동경과 존중이 다양 다기하게 산포되어 있다. 익명의 스승을 통해 가르침을 받는 「숨 안 쉬는 것 참 좋다」, 중국의 승려 덕산德山과 뱀 이야기를 쓴 「없다 없다」, 설봉雪峰과 손 이야기를 쓴 「손 이야기」, 운문雲門과 '좋은 날'을 쓴 「뼈꽃」 등이 모두 사람을 통한 깨우침의 묘리를 궁구窮究한다. 세상 사람들의 인간관계야 A.랭보의 시 "계절이여 마을이여 상처 없는 영혼이 어디 있는가"에서처럼 아픔과 슬픔에 초점이 있지만, 도道의 길에 들어서면 오직 깨달음의 경지가 우선인가 보다.

앞서도 살펴본 바 있지만 이 글에서, 그리고 이 글을 통해 유추되는 작가의 생애에 있어서 설악무산 오현당의 비중은 크게 값나가는 보석처럼 여러 방향으로 빛나고 있다. 오현 스님이 지용문학상을 받았을 때의 감회를 기록한 「시인이 무엇이냐 시가 히죽 웃었다」와 백담사 만해마을에서 환생(?)한 만해 스님이 조용히 마음에 오는 환각을 기록한 「만해는 없다」 등의 작품은 모두 오현당을 기억하는 그 언저리의 글이다. 이 글들의 '연원淵源'에 해당하는 오현당의 『벽암록』을 서술하는 「집착이 보인다」나 '돈'을 대하는 오현당의 그릇을 서술하는 「부처도 소설도 똥이다」 등의 작품은, 단순히 그를 흠모하는 문인文人이나 학인學人의 눈으로 쓴 글이 아니다. 그의 기인 행각奇人 行脚에서 한 시대를 획하는 각성과 지혜를 얻은 이의 감동을 적고 있는 것이다.

달마는 갈대 잎을 타고 강을 건넜고, 예수는 갈릴리 호수를 평지처럼 걸어갔다. 그것은 오로지 신앙의 일로 만들어진 말이라며 오랜 세월토록 믿지 않다가 과학이 발달한 이즘에야 사실이라고 믿는다. 미신이 과학을 믿고 과학이 미신을 믿는 것이 아주 자연스러워졌다. 이제 사람이 마음만 먹으면 그대로 되지 않는 일이 없다고 믿는다는 것이다.

실로 우리는 아무 뜻도 뭣도 없이 자신을 놓아버린 가벼운 정신, 소위 빈 마음의 무게만으로 발을 내딛는다면 물 위를 걸어갈 수 있다는 의식을 갖게 되었다.

그의 각성, 그로부터 얻은 지혜는 우리가 상식적인 감각으로 재단할 수 있는 범속한 것이 아니다. 어쩌면 작가 자신도 스스로 각성한 것의 함의含意를 모두 인지하지 못할지도 모른다. 「무엇을 말했다 할까」의 일부인 위의 예문을 주의 깊게 음미해 보자. 달마와 예수의 '물 위 걷기'를 언명言明하고 "그것은 오로지 신앙의 일로 만들어진 말이라며 오랜 세월토록 믿지 않다가 과학이 발달한 이즘에야 사실이라고 믿는다"고 규정한다. 이 짧지만 강력한 단정은, 과학과 신앙의 상관관계를 매우 과감하고 독특하게 풀어 보이는 언사다. 정 반대의 방향성을 가진 두 집단을 이토록 단순 명료하게 정의할 수 있다면, 글 이전에 그의 정신과 영혼의 세계가 이미 한 차원 다른 곳으로 진입한 듯하다. 말하자면 이 책의 글들이 그러한 높이의 차원에서 시현示現되고 있다 할 것이다.

「발이 마음이다」라는 글에서는 작가의 스승 동리 선생을 회억回憶하고 있다. 선생이 쓴 소설「등신불」을 '선禪 소설'로 읽고 있으며, 그것은 소설이 참으로 미궁인 인간 실존의 부조리를 보여주기 때문이라 했다. 이처럼 그가 사숙私淑하거나 훈육訓育을 받은 이들과의 관계는, 개별적인 인연이 우선이 아니라 그 선진先進의 인물이 표방하는바 삶의 근본에 대한 훈도訓導에서 기인한다. "동리 선생은 뜨거운 불의 뜻에 가까이 가고자 발로 말을 밟아 등신불을 찾아 그렸다. 그리고 선생은 불의 맛에 가 닿았다. 발이 마음의 길을 완주한 일원상, 등신불 이야기가 그것이다"라는 새로운 판독은 가히 괄목할 만한 해석이다. 세상의 어느「등신불」론도 이처럼 적확하고 참신하기 어려울 것이다.

태양 빛은 매일 새롭다. 그 빛이 70년을 넘보는 후명을 스쳐 지나가고 있다. 내가 후명에게 물었다.

"그대 얼굴에 쌓인 생의 빛 얼마나 두터운가?"

그의 얼굴에 어떤 그림자가 스치고 지나갔다. 그는 고개를 돌려 옆에 앉은 제자를 빤히 바라보다가 일렀다.

"네가 대답해라. 지금은 네가 나다."

그 스승에게 그 제자라는 말은 맞기도 하고 틀릴 수도 있다. 나는 긴장했다. 후명의 문도 중에는 글로 사람을 낳는다하기에 이른 여러 소설가가 있다. 오늘 또 한 제자를 인가하고 싶은 것이었다. 제자의 눈이 반짝 빛나고 입이 열렸다.

"우리 선생님 얼굴의 빛은 눈 코 귀 입이에요."

이 무슨 선문 선답인가. 나는 당황했다. 그의 음색이 후명의 눈 코 귀 입에서 빛으로 새어 나왔다.

— 중략

내 거울에 와서 후명이 얼굴을 본다. 그러고 묻는다.

"나는 이제 어느 문으로 나가야 하나?"

답이 없는 물음이다. 거울인 나와 거울에 비친 후명이 서로 "너에게 묻는 거야" 할 뿐이다. 그러다 문득 후명은 어느 문으로 빠져 나갔다.

오늘도 나는 참구한다.

'그가 나선 문은 어느 문일까?'

작가가 심허心許하는 오랜 벗이자 두 살 위의 동급 문인인 윤후명을 두고 쓴 글로, 「빛의 네 구멍」이란 제목을 가졌다. '후명'이 70년을 넘보고 있다면 작가 또한 그렇다. 작가가 던진 화두는 '그대 얼굴에 쌓인 생의 빛이 얼마나 두터운가'이다. 여기에 조주선사 일화를 덧붙여서 답이 없는 물음, '어느 문으로 나가야 하나'를 제기한다. 그에게 있어 '후명'은 단순한 친분의 동료가 아니다. 문학의 길벗이자 인생 탐구의 도반道伴으로 서로를 거울처럼 반사하는 행복한 동역자다. 이러한 동행이 이 세상에 사는 동안 단 한 사람만 있어도 그의 생애는 외롭거나 쓸쓸하지 않고 무가치하거나 무의미하지 않을 터이다.

「내가 있어 네가 있다」라는 글에서는, "모든 있음에 대한 물음은 답이 없는 답으로 있음이 극명해진다. 그래서 가만있어야 한다. 물으면 물을수록 답 속을 헤매거나 오히려 답에서 멀어져 모르게 되기 때문이다"라는 기록이 보인다. 이 작가가 소중하게 간주하는 인간관계란 결국은 이처럼 불립문자 교외별전不立文字 敎外別傳의 유형에 입각해 있는 것이다. 그에 잇대어 견성오도見性悟道의 길이 곧 삶이요, 문학이요, 스마트소설 이라는 강고한 확신 속에 이 글들이 살아 있다. 곧 언어도단言語道斷이면 심행처心行處라는 정신주의자들의 논리 위에 소설, 그리고 스마트소설이라는 생각의 집을 지은 고투의 결과가 지금 여기에 이른 황충상의 문학이 아닐까 한다. 이는 또한 오랜 기간에 걸쳐 문단 선배로서 그를 관찰하고 흠모해 온 필자의 관점이기도 하다.

황충상의 명상 스마트소설 『푸른 돌의 말』을 진중하게 통독하고 난 후감은, 이러한 유형의 소설이 다시 있기 어렵다는 것이다. 스마트소설이라는 명패로는 얼마든지 가능한 내용이요 형식이겠으나, 그 앞의 '명상'을 감당하기가 지난하리라는 이유에서다. 그 '명상'은 글쓴이의 체험이 머문 세월과 인내가 필요하기도 하겠으나, 그보다는 그것을 자신의 내부에서

용해하고 재생산하는 창의력과 결기가 요구되는 것이겠다. 다만 스마트소설이라는 이름과 더불어, 글의 진면목에 대한 이해가 너무 어렵고 많은 공을 들여야 한다는 단처가 남는다. 한 가지 더 '사족'이 있다. 소설이 작가와 화자를 분리하여 읽는 문학 양식임에도 불구하고, 이 글은 언술의 직접적인 발화를 감안하여 그 두 존재를 동일시하여 바라보았음을 밝혀둔다. ✸

ㅇㄹㄱ ㅉㄱ ㄸ ㄱㅇ ㅅㅅㄷㅇ ㅎㅇ

스마트소설이 아무리 여러 구비 요건을 구색에 맞추어 정렬했다고 해도 거기에 '작가의 손맛'이 없으면 무미건조한 우등생의 모범답안으로 끝날 수 있다. 예컨 대 스마트소설에서 매우 미약하지만 분명하게 살아 있는 '암시'를 사용한다고 할 때, 이미 그 암시는 미약한 신호가 아니다. 이를 운용할 수 있는 자격은 창의 력의 모티브를 가진 작가에게 있고, 작가야말로 그 작품의 요동 없는 주체요 주 권자다.

이렇게 짧고 뜻 깊은 소설들의 향연

4
이렇게 짧고 뜻 깊은 소설들의 향연
— 『세상에서 가장 짧은 영어 소설』 감동적으로 읽기

스마트소설을 위한 변명 그리고 확신

한 해가 이울도록 스마트소설론을 붙들고 있는 동안, 어느덧 이 뜻 깊은 문학 장르는 내가 가진 오감의 일부가 된 느낌이다. 세상과 사물을 바라보는 눈이, 짧게 축약된 가운데서 깊고 감동적인 것을 찾는 방향으로 작동하고 있는 까닭에서다. 시에 있어서 짧고 쉬우면서도 오랜 울림을 주는 창작 방식이 있다면, 에세이나 단상斷想의 형식에서 또 그러한 모형이 있다면, 나는 주저 없이 거기에 나의 문학적 촉수를 움직여 '탐색'을 시도했다. '스마트소설'을 논의하는 자리에서 널리 알려진 짧은 시의 감동이나 새로운 문예 장르로서 디카시의 시대사적 의의를 병렬한 것은 바로 그 때문이다. 짧지 않은 세월을 두고 정통적인 서사이론에 침윤해 있던 나에게, 그것은 어쩌면 하나의 별천지이기도 했다.

그런데 그 전례 없는 탐색의 순간들은 내 문학적 관점을 되돌아보며 성찰하게 하고, 원론적인 논리구조에 빠져 문학의 다양성이나 다원주의를 돌보기 어렵게 했던 관성이나 관행이 얼마나 편협한 것이었던가를 깨우치게 했다. 그 각성은 손가락을 바늘에 찔리듯 명료한 촉감으로 다가왔으며, 이는 내게 있어 하나의 '문학적 혁명'이자 유려한 경계의 시작이기도 했다. 디카시 운동을 확장하고 디카시를 쓰고 마침내 『어떤 실루엣』이라는 디카시집을 발간하는 등의 일이 이 무렵의 결실이었다. 이를테면 짧은 글에 싣는 유장悠長한 생각의 힘, 그 실증을 볼 수 있었던 것이다. 이렇듯 나는 행복하게 스마트소설 그리고 디카시와 합류했다.

그런데 그보다 놀라운 일은 따로 있었다. 한국문학

사, 그리고 세계문학사의 처처에 짧은 글의 효용성과 성취와 영향력과 감동의 파문波紋을 보여주는 글들이 즐비하다는 사실이었다. 내가 감명 깊게 발견한 여러 글들을 그동안 연재한 '김종회 교수의 스마트소설론' 세 편에 소개해 두었거니와, 아직 미처 언급하지 못한 글들이 너무도 많이 남아 있는 것이다. 이들이 그동안 문학사의 수면 위로 떠오르지 못한 것은, 소위 문학의 정통주의란 장애물이 그 앞을 가로막고 있었던 이유가 가장 먼저다. 고색창연한 문학의 근본주의, 엄숙하고 융통성 없는 의고주의가 그 구체적 세부에 해당할 것이다.

문학이란 무언가 고상하고 교훈적이며 사람들의 삶을 이끄는 예인등대의 불빛과 같아야 한다는 생각이 이 논리의 바탕에 잠복해 있었다고 본다. 그런데 21세기 이후 시대와 사회의 형상이 달라지고 문학이나 예술이 전자매체의 속도감과 영상문화의 시각적 표현을 그 중심부에 수용함에 따라 과거에 광채를 발하던 문학의 완전주의는 별반 쓰임새가 없게 되었다. 이를 굳이 문학이나 예술의 타락이라고 말할 수는 없다. 예컨대 언어의 변화가 곧 언어의 타락이라고 보는 것이 사회학자들의 견해지만, 언어는 당대 언중言衆의 선택에 따라 결국은 변화하는 시류에 부합하여 새로이 표준말과 맞춤법의 변경을 가져온다.

세종대왕이 창제한 훈민정음에 있어서도 국자國字의 제정과 국어음의 개신改新을 함께 도모했지만, 후자는 실패할 수밖에 없는 운명을 예정하고 있었다. 그렇다면 우리 시대 우리 사회가 빛의 속도로 격변하는 삶의 상황에 따라 짧고 간결하며 의미가 명료하고 감명의 흡인력이 강한 문학작품에 경도傾倒되는 것은, 현재의 잘못도 아니요 원죄의 반복도 아닌 터이다. 그래서 하는 말이다. 지금은 스마트소설이나 디카시의 시대라고 함부로 언명言明할 수는 없지만, 이와 같은 문학 장르가 일견 대세를 이루고 그러한 현상이 더욱 확장되어 가리라는 데 이의異議를 제기하기는 어려운 노릇이다. 스마트소설의 여러 유형을 살펴보고 주의 깊게 읽는 동안, '하늘 아래 새로운 것은 없다'는 옛말을 실감할 수 있었다.

참으로 많은, 좋은, 짧은 글들이 흙 속에 묻힌 옥돌

4 이렇게 짧고 뜻 깊은 소설들의 향연

처럼 그리고 모래밭의 사금처럼 제 자리에서 반짝거리고 있음을 발견할 수 있었던 것이다. 이 글에서는 미국의 작가 스티브 모스가 편찬하였으며, 꼭 55단어의 영어를 사용한 짧은 소설들의 모음『세상에서 가장 짧은 영어 소설』(The world's Shortest Stories)에 대한 비평을 수행할 것이다. 그 창작집의 작품들을 살펴보면서, 이와 병행하여 그의 소설론을 검색하려 한다. 연재의 다음호에는 국내에서 간행된『스마트소설』에 대한 비평을, 그 다음호에는 국내 스마트소설 공모전에서 입상한 작품들을 순차적으로 평가해 볼 요량이다. 이러한 일련의 글쓰기가 우리 문학마당에서 스마트소설에 대한 이해의 진폭을 넓히고 더 많은 좋은 소설의 산출에 밑거름이 될 수 있기를 소망한다.

스티브 모스의 스마트소설론과 독법

『세상에서 가장 짧은 영어 소설』은 스티브 모스가 선정한 여러 작가들의 공동 저술이다. 그는 미국 캘리포니아에 거주하는 작가이며 브룩스 인스티튜트와 산타 바바라 소재 캘리포니아주립대학, 그리고 시러큐스 대학에서 미술을 공부했다. 그러나 신문 및 잡지 기자들과 교유하는 것을 즐거워했고 끝내 글 쓰는 일로 삶의 방향을 전환하게 된다. 그리하여 기자, 편집자, 식당의 잡역, 공사판 인부, 미술감독 등 다양한 직업을 두루 거쳤다. 자기만의 주간신문을 발간하는가 하면, 주위에 읽을거리가 없을 때 먼저 자신을 탓하는 유형의 사람이다. 매년 '55단어 소설쓰기 대회'를 개최하는 《뉴 타임즈》지의 편집자이자 공동발행인으로, 짧은 소설 쓰기 운동을 견인했다.

그가 편찬한 이 소설집이 한국어판으로 1판 1쇄를 내놓은 것은 2004년이었다. 이 책의 뒷 표지를 보면 "일단 작품 하나를 읽기 시작하면 끝까지 읽지 않고는 책을 덮을 수 없을 것이다"(Barnaby Corad), "책을 읽기에는 너무 시간이 부족하다고 핑계를 대는 사람들에게 완벽한 선물이 될 것이다. 그렇지 않은 사람들에게 이 단편들은 마치 거부할 수 없는 비스킷과도 같다"(Sue Grafton)는 두 편의 추천 글이 덧붙여져 있다. 그

만큼 짧은 시간에 글을 읽는 목적에 도달할 수 있다는 말이다. 우리가 눈앞의 과제로 두고 있는 스마트소설의 지향점과 밀접하게 상관된 언사가 아닐 수 없다.

책의 서문에서 스티브 모스는 "소설이 소설로 인정받으면서 과연 얼마나 짧게 쓰여질 수 있을까"라는 질문으로 서두를 연다. 뒤이어 질문의 패턴을 바꾸어서 "소설이 훌륭한 소설로 인정받으면서 과연 얼마나 짧게 쓰여질 수 있을까"라고 '훌륭한'이란 어휘를 추가한다. 그는 매우 특별히 그가 주장하는 짧은 소설이 반드시 55단어로 구성될 것을 요구한다. 글쎄, 시조의 3장 형식이나 하이쿠의 17자 분량처럼 정형의 외양을 갖추자는 것인데, 거기에 왜 반드시 55자여야 하는지에 대한 해명은 보이지 않는다. 그러나 그 가운데서 "살인과 흥분, 공포와 음모, 사랑과 배신, 그리고 멀리 떨어진 외계 세상과 인간내면의 악마적 요소를 접하게 될 것"이라고 단언한다.

인간사의 모든 희로애락과 직접 및 간접 경험의 실체적 현상들이 그 55자 소설에 내포될 수 있다는 주장인 셈이다. 그가 제1회 55단어 영어 소설 공모전을 개최한 것은 1987년이었으니 지금으로부터 35년 전의 사건이다. 그는 그 대회에서 소수의 빼어난 작품을 만날 수 있었고, 이 장르의 의미를 이해하는 동역자들을 얻게 되었다. 스티브 모스는 그렇게 수년간을 두고 수확한 작품 가운데 '최고' 수준에 이른 작품들을 골라 작가의 이름을 밝히며 이 단행본을 상재하게 된 것이다. 그는 이 작품집에 짧은 단어 숫자 외에도 한 가지 공통점이 있다고 밝혔다. 그것은 '이외의 결말'이었다. 이는 미상불 우리가 문학의 장르 가운데서 익히 보아오던 것이다.

곧 짧고 암시적이며 반드시 이야기의 반전을 매설해야 하는 꽁트가 그것이다. 이는 55단어 만큼은 아니지만 아주 짧아서 손바닥 안에 들어갈 만하다고 하여 '장편掌篇'이라고도 부른다. 꽁트나 55자 소설이나를 막론하고, 그리고 우리의 스마트소설을 포함하여, 그 분량이 짧은 만큼 적은 수의 단어로 최대의 효과를 내기 위해 단어 하나하나를 극도의 주의 깊은 선택 아래 불러와야 한다. 이는 스티브 모스가 확고하게 가지고 있는 짧은 소설에 대한 평가였다. 더불어

이 짧은 소설이 서사적 의미를 확보하기 위해서는 그 효율을 극대화할 수 있도록 '이야기의 재미'를 간과할 수 없는 구성 요소로 받아들여야 한다는 것이 그의 판단이었다.

그의 체험적 소설론을 수용하기로 한다면, 소설의 분량을 '엿가락'처럼 늘이는 데 익숙한 작가는 이처럼 집중적이고 파괴력 있는 소설의 창작의 대열에 함께 동참하기 어렵다고 볼 수밖에 없다. 여기에는 비교적 젊은 세대의 기발한 상상력이 장점이 있겠으나, 인생을 포괄적이고 관조적으로 응시할 수 있는 연륜의 세대가 오히려 더 세력을 얻을 수도 있다. 그는 이 짧은 소설의 성과를 통해 오 헨리가 「크리스마스 선물」을, 그리고 H.H. 먼로가 「열려진 창」을 완성했을 때의 기쁨을 공유할 수 있을 것이라고 권유한다. 그 외에도 숱한 짧은 소설, 짧은 문학의 공명과 감응이 한국 그리고 세계문학사의 처처에 지천으로 널려 있음을 상기하면, 그의 논지에 그다지 허술함이 없는 형국이다.

이 짧은 소설 논의에서 지금껏 우리가 밝히지 않은

스마트소설 이렇게 쓴다

한 가지는, 그것이 남녀노소 누구나 근접할 수 있을 만큼 간단하고 쉽다는 것이다. 일상적 언어, 간략한 분량의 조합으로 거기에 다가갈 수 있기에 그러하다. 다만 제임스 토마스의 언표言表처럼, "다른 모든 중요한 소설과 마찬가지로 작품의 성공 여부는 그 길이가 아니라 깊이와 시간의 선명도 그리고 인간성의 의미 부여에 있다는 것이다" 이는 쉽다고 해서 그 쉬운 것이 창작적 경험으로 접근하기 쉬운 것이지 작품의 수준을 담보하는 것은 아니라는 뜻이다. 우리의 스마트 소설이 추구하는 창작과 성취의 문학적 방정식과 간극 없이 부합하는 표현이 아닐 수 없다.

스티브 모스는 이 편저와 더불어 소위 '55단어 영어 소설의 규칙'이라는 글을 책의 말미에 부가해 두었다. 그는 "일본의 하이쿠나 쿼터백의 속임수는 간략해 보이지만 결코 쉽지 않다"고 말한다. 그가 얘기하는 짧은 이야기 구성의 요점은 "마치 한 개의 작은 나무토막을 아름다운 조각 작품으로 깎아가는 작업과 비슷하다" 다양한 요소들을 하나의 일관된 전체 속으로 통합시켜야 한다는 것이다. 언필칭 '짧은 소설' 또는 '짧은 이야기'를 쓴다는 것은, 그로서 끝나는 것이 아니라 '더 긴 소설'을 쓸 수 있는 기량을 자신도 모르게 연마하는 과정이기도 하다. 하나의 목표를 향한 창작의 수련은 그것이 가진 정신 세계의 운동성에 연동하여 아직 발화되지 않은 다른 영역을 일깨울 수 있다는 의미다.

스티브 모스는 55자 소설의 필수 요건으로 배경, 등장인물, 갈등, 해결 등 네 가지를 들고 있다. 이 부분들은 우리가 소설론 또는 서사이론에서 학습하던 소설의 주요 구성 요소와 크게 다르지 않다. 이 요소들을 짧은 분량의 글 속에 얼마나 조화롭게 배치하느냐는 작가 스스로의 몫이다. 그는 이 소설의 결말이 너무 충격적이지 않도록, 아니 결말의 충격을 잘 감당할 수 있도록 '암시'의 활용에 대해 설명한다. 이는 이야기의 정보를 경제적으로 전달하는 것이며, 작가가 말하고자 하는 것을 직접 내놓지 않고서도 독자가 따라 오도록 하는 장점이 있다. 그러나 이를 너무 빈번히 사용하면 애매모호함과 혼란이 야기될 수 있다는 것이 그의 의견이다.

스마트소설 이렇게 쓴다

이런 몇 가지의 '규칙'을 전제하고 있기는 하지만, 그것은 일률적으로 모든 작품에 적용될 수 있는 것이 아니며 각기의 작가가 각기의 작품에 걸맞도록 도입할 수밖에 없는 이른바 '선택적 규정'이다. 모든 작품의 주체는 그 작품의 주인인 작가다. 경우에 따라 하나의 전범典範으로 제시된 규정이라 할지라도 무시할 수 있고, 또 다른 경우에는 그것을 과감하게 훼파할 수도 있다. 하지만 35년 전에 스티브 모스라는 '짧은 소설'의 전문적 작가가 우리에게 내놓은 이 규칙과 규정들은 대개의 경우 설득력이 있고 충분히 일종의 모범적 사례로 받아들일 만하다. 다른 측면에 있어서는 동서양을 막론하고 또 고금을 넘어서 스마트소설의 애호가가 존재한다는 사실이, 또 그 탁발한 논리가 우리에게 힘을 더해 준다는 것이 기꺼운 것이다.

촌철살인의 서사와 불꽃 튀는 상상력

이 창작집은 중심주제에 따라 다섯 단락으로 구분

되어 있으며 모두 119편의 작품을 싣고 있다. 각기의 단락은 〈살인 의도〉, 〈사랑이란〉, 〈도시의 거리〉, 〈세상 저편에〉, 〈새로운 진실〉이라는 소제목을 상정하고 있으며, 어느 작품이나 한 페이지를 넘지 않고 있다. 그런 만큼 대체로 앞서 스티브 모스가 설명한 모범 규칙의 가이드라인을 준수하고 있고 촌철살인의 서사를 보여주려는 의욕으로 넘치고 있다. 이 소설들을 통독하는 동안, 동서양을 막론하고 공히 수용될 수 있는 세상사의 다기한 절목들이 백화난만한 화원처럼 다채롭게 펼쳐져 있음을 목도할 수 있다. 거기에는 지혜와 교훈을 말하는 대목도 있고 회오와 비탄을 말하는 대목도 있다. 마치 인생수업의 현장을 방불케 하는, 여러 층위의 사건들이 임립林立해 있는 터이다.

"조심해 그 총 장전되어 있어."

그는 침실로 다시 들어서면서 말했다.

그녀는 침대 머리맡에 등을 기대고 앉아 있었다.

"이 총으로 부인을?"

"아니, 그건 너무 위험해. 청부업자를 고용해야지."

"나는 어때요?"

그는 씩 웃었다.

"순진하긴. 어떤 바보가 여자를 고용하겠나?"

그녀는 총구를 겨누며 입술을 적셨다.

"당신 부인."

— Jeffrey Whitmore, 「침실에서」

〈살인 의도〉의 첫 자리에 놓인 소설이다. 이 짧은 소설, 초단편超短篇은 이 책의 앞부분에서 한 번 인용한 바 있으나, 논의의 흐름을 따라 여기서 다시 제시한다. 문맥의 흐름으로 짐작하자면 소설에 등장하는 두 남녀는 연인이거나 아니면 그와 유사한 관계에 있다. 남자는 자신의 부인을 두고 살인 청부를 하려 한다. 청부업자로 여자를 고용하는 것이 순진하고 바보같은 일이라고 생각하는 그와는 정 반대로, 그의 부인은 침대의 여자를 고용한 것이다. 이 짧은 삽화 같은 이야기의 저변에는, 작가가 미처 말하지 않았으나 독자가 미루어 짐작할 수 있는 많은 이야기가 숨어 있다. 경쾌한 속도감, 극명하게 대비되는 반란의 반

전, 이를 통해 환기하는바 생명을 건 진실게임 등이
이 소설을 그저 그런 에피소드의 차원을 단박에 넘어
서도록 한다.

> "그렇게 잘난 체 할 필요 없네, 왓슨."
> "미안하네, 홈즈. 단지 자네가 어려운 사건에 말려든
> 것 같아서, 자네는 절대 이 사건을 풀 수 없을 걸세."
> 홈즈는 일어서서 단호한 태도로 담배 파이프를 들고
> 말했다.
> "아니, 자네가 틀렸어. 나는 누가 워싱턴 부인을 살해
> 했는지 알고 있네."
> "말도 안돼! 증인도, 증거도 없질 않나! 도대체 누군
> 가?"
> "날세, 왓슨."
> ― Tom Ford, 「미스테리」

역시 〈살인 의도〉에 실린 글이다. 살인 사건의 현장
에 두 남자가 있다. 한 사람은 홈즈, 다른 한 사람은
왓슨이다. 이름만으로 보면 아서 코난 도일의 '셜록

홈즈'에서 이를 차용했으나, 두 소설 사이에 다른 연관성은 없다. 만약 셜록 홈즈가 누군가를 살해했다면, 그 대상자는 법률의 징치로 해소할 수 없는 사회적 패악의 당사자일 텐데, 이 짧은 소설은 그와 같은 정보를 불러올 공간을 갖고 있지 않다. 홈즈의 조수 격인 왓슨에게 자신이 살인자임을 밝히는 것은, 그 살인이 충분히 도덕적 수긍을 받을 만한 개연성이 있다는 사실 정도를 인정할 수 있을 뿐이다. 이 소설이 의도하는 선명하고 압축적인 메시지는 풀 수 없는 살인 사건을 눈앞에 두고 홈즈 자신이 스스로 범인임을 밝히는 명료한 반전에 있다.

그녀는 교도소 철문이 세차게 닫히는 소리를 들었다. 자유는 영원히 사라진 것이리라. 자신의 운명도 자신의 손을 떠나 결코 돌아오지 않으리라.

도망가야 한다는 생각이 들었다. 그러나 탈옥은 불가능하다는 것을 알고 있었다.

그녀는 새 신랑을 바라보고 웃으며 다음과 같은 말을 반복했다.

"네, 맹세합니다."

— Tina Milburn, 「결단의 순간」

두 번째 단락 〈사랑이란〉에 실려 있는 글이다. 처음의 시작은 교도소에 수감되는 여자의 이야기를 서술한다. 그것도 매우 사실적이며 구체적인 심경의 묘사까지 동반하고 있다. 도망도 탈옥도 불가능한 수인囚人의 운명이 바로 목전에 펼쳐져 있는 것이다. 그런데 말미의 문장 두 줄은 이 엄혹한 상황을 한꺼번에 희화화戱畵化하고 만다. 그녀는 목하 결혼식장에서 새신랑과 마주 보고 있는 신부인 터이다. 이 청천벽력 같은 괴리와 균열과 반전의 상상력은, 결혼이 여자의 생애에 있어 하나의 족쇄요 감옥이 될 수 있다는 위화감에서 그 존재증명을 불러온다. 누구나 떠올릴 수 있는 상황극이지만, 이를 이토록 짧게 그리고 공감을 촉발하는 방식으로 보여주기는 어렵다.

그는 그녀가 아주 어릴 때부터 알고 있었다. 그녀는 이 세상에서 가장 아름다운 소녀였고, 그는 그녀를 너무도 깊이 사랑했다. 한때, 그는 그녀의 우상이었다. 이제 그는 그녀를 다른 남자에게 뺏기려 하고 있다.

눈가에는 눈물이 흐르고, 그는 그녀의 뺨에 입을 맞추고 미소를 짓는다. 그녀를 신랑에게 건네면서.

— Mark Turner, 「통과 의례」

이 또한 〈사랑이란〉에 수록된 글이다. 글의 첫 부분은 실연의 아픔을 노래하는 도저한 언어들로 충일하다. 마무리의 '그녀를 신랑에게 건네면서'에 이르러 비로소 그가 결혼식장에 딸을 에스코트해 들어가는 아버지임을 알 수 있다. 세상에 그 아버지만큼 그 딸을 헌신적으로 사랑하는 남자가 있지 않을 것이라는 일반적 인과율에 비추어 보면 썩 잘 된 소설의 형용이다. 작가는 이 글에서 누구나 공감할 수 있는 보편적 정서 두 가지를 설정해 두었다. 사랑하는 그녀를 잃은 남자의 가슴 저미는 심사, 그리고 딸을 다른 남자에게로 떠나보내는 아버지의 절실한 심경이 그것이다. 그 가운데 당연히 슬픔과 안타까움이 교차하지만, 이를 결혼식장의 심정적 내면으로 통합하면서 궁극에 있어서는 흔연한 치유의 묘미를 유발한다.

　　그는 그곳에 누워 있는 그녀를 바라보았다. 그녀의 육
감적인 곡선과 금빛 얼굴색에 도취되어. 그러나 실제로
그의 마음을 사로잡은 건 그녀의 목소리였다. 때로는 부
드럽고 섹시하며 때로는 절제되지 않은 거친 소리. 그의
기분이 어떻든 그녀는 그 기분을 잘 맞추었다.
　　그는 그녀를 사랑스럽게 들어 올려 입술로 가져갔다.
오늘 밤 그들은 아름다운 음악을 함께 만들 것이다.
　　해리와 그의 트럼펫.
　　— Bill Horton, 「해리의 사랑」

　　세 번째 단락 〈도시의 거리〉에 수록되어 있는 글이
다. 글의 중심에 그와 그녀가 있다. 그는 그녀의 육감
적인 곡선과 금빛 얼굴색에 도취되어 있지만, 실제로
는 그녀의 목소리에 더 심취해 있다. 작가는 그녀의
목소리가 왜, 어떻게 매혹적인가를 사뭇 구체적으로
묘사해 보인다. 어쨌거나 그녀는 그의 기분을 잘 맞
추어주는 놀라운 덕목까지 갖추었다. 여기까지는 마

치 두 남녀의 감각적이고 깊이 있는 사랑 이야기의 술회라 해도 전혀 손색이 없다. 이야기의 혁명적 반란은 그 다음에 있다. 그는 그녀를 사랑스럽게 들어 올려 입술로 가져가는 것이다. 그의 이름은 해리, 그녀는 해리가 연주하는 악기 트럼펫이다. 사물을 의인화하여 묘사한 빼어난 어떤 글들에 비견해도 압권에 해당한다.

"엄마? 아빠는 언제 돌아오세요?"

"이제 곧 오실거야. 전쟁이 끝났거든. 이제 걱정 안 해도 된단다."

"엄마, 저기 봐요. 배가 도착했어요!"

사다리가 내려졌다. 마침내 사람들이 모두 다 내렸다. 그녀의 남편 피터도 땅에 내렸다.

"여기 사인하시죠." 중위가 말했다.

베티는 관을 껴안고 물었다.

"여보, 도대체 왜?"

— Rafael Tobar, 「아빠의 귀향」

이 소설도 〈도시의 거리〉에 있는 글이다. 한 엄마와 아이가 전쟁에 나갔다가 돌아오는 남편 그리고 아빠를 기다린다. 너무나 가슴 설레고 감격적인 순간이 아닐 수 없다. 배가 막 도착했다. 사다리가 내려지고 사람들이 모두 내렸다. 중위 계급의 장교가 신병 인수를 위해 사인을 하라고 한다. 아! 그런데, 마지막으로 배에서 내린 피터는 사람이 아니라 시신이 든 관이었던 것이다. 아내 베티는 관을 껴안고 오열하며 묻는다. "여보, 도대체 왜?" 말할 수 없이 슬프고 가슴 아픈 이야기다. 이 비극이 왜 이들 가족에게만 일어나는 것인지 대답해 줄 사람이 없다. 독자가 그 기가 막히도록 참담한 사정에 공감할수록 소설은 제 몫을 다한 것이다.

대통령은 거대한 외계 우주선을 맞이하러 아리조나 사막으로 달려갔다.

"평화." 대통령이 말했다.

"고맙소." 인간과 흡사하게 생긴 외계인이 말했다.

"우리는 백 만년 동안이나 우주를 여행해 왔습니다.

그래서 귀향 사실에 매우 기뻐하고 있지요."

"다시 들러주십시오. 그럼, 좋은 여행 되시길."

"아니오. 뭔가 오해를 하고 계시는군요." 외계인이 말했다.

"여기가 우리 고향이오."

— Dean Chirstianson, 「더 이상 이만한 곳은 없다」

이 글은 〈세상 저편에〉라는 항목에 수록되어 있다. 서두에 세상 저편, 곧 외계의 우주선이 지구에 도착한다. 대통령은 거대한 외계 우주선을 맞으러 아리조나 사막으로 달려가고, 인간과 흡사하게 생긴 외계인과 대화한다. '평화'라고 서두를 뗀 대통령은 우호적인 견지에서 다시 들러 달라고 말한다. 그러나 외계인의 대답은 그 어의語義가 천양지차다. 백 만년 동안 우주를 여행했고 이제 귀향했으며 지구가 자신들의 고향이라는 것이다. 그 다음에 예상되는 수순은 곧 우주전쟁인 셈인데, 이 소설이 감당하는 지점은 지구인의 대표자인 대통령과 외계인 사이의 대화가 얼마나 서로 다른 방향으로 가고 있는가를 보여주는 데

있다. 기발하다면 기발하고 황당하다면 황당하지만,
비단 외계인과의 대화에만 국한된 어긋남의 문제는
아닌 듯하다.

　　에드먼드의 차는 안전벨트를 매지 않아도 알려주지 않
았다. 현금지급기는 그가 비밀번호를 입력해도 존재하
지 않는다는 표시뿐이었다. 수퍼마켓의 자동문은 그가
다가가도 열리지 않았다.
　　에드먼드는 이런 기계들 때문에 골치가 아팠다. 그는
자신의 텅 빈 아파트에서 떨떠름하게 부고란을 대충 훑
어보다가 말했다.
　　"내가 저주받았군."
　　— Paul Tucker, 「에드먼드의 발견」

바로 위의 글처럼 이 글도 〈세상 저편에〉에 실려 있
다. 에드먼드라는 인물이 등장하고 그에게 일상적인
모든 일들이 요령부득의 방식으로 뒤틀려 있다. 차는
안전벨트 미착용의 신호를 보내지 않고 현금지급기
도 작동하지 않으며 수퍼마켓의 자동문도 열리지 않

는다. 이런 기계들이 에드먼드에게 익숙하지 않은 듯하다. 이윽고 자신의 텅 빈 아파트에서 부고란을 훑어보다가 그는 이렇게 중얼거린다. "내가 저주 받았군." 에드먼드는 이미 죽은 혼령이었던 것이다. 니콜 키드먼이 출연한 영화로 2001년 작 『디 아더스(The Others)』라는 것이 있다. 꼭 이런 상황, 모든 일상이 전도된 것을 바라보는 일가족이 사실은 모두 혼령이었다. '세상 저편에'라는 소제목이 말하듯 매우 독특하고 유별난 상상력의 소설이다.

그날 아침은 한 다발의 새 청구서들이 날아들었다. 보험회사에서 온 편지는 계약이 취소되었다는 사실을 알리는 것이었다.

그녀는 한숨을 내쉬며 힘없이 일어나 남편에게로 갔다. 부엌에는 가스 냄새가 진동했다. 남편의 책상에서 그녀는 다음과 같은 쪽지를 발견했다.

"내 생명보험금이면 당신과 아이들이 충분히……."

— Monica Ware, 「잘못된 계획」

4 이렇게 짧고 뜻 깊은 소설들의 향연

마지막 단락 〈새로운 진실〉에 수록된 글이다. 글의 중심인물인 그녀에게 한 다발의 새 청구서가 날아든다. 그 중 하나는 보험회사에서 온 계약 취소 통지였다. 그녀는 낙담하며 남편에게로 갔다. 아차, 그런데 부엌에는 가스 냄새가 진동하고 남편의 책상에는 자신의 생명보험으로 '당신과 아이들'이 충분히 살 수 있을 것이라는 유서가 남아 있다. 보험금을 받을 수 없는 상황변화가 초래되었는데, 정작 남편은 떠나버린 것이다. 그야말로 '잘못된 계획'이다. 우리는 이 부부의 사정을 보며 그것이 조작된 보험사기의 시도라는 생각보다 그 운명적 불운에 더 깊은 연민을 느끼게 된다. 항차 우리 삶의 여러 대목에는 이와 같은 잘못된 선택이 또 얼마나 많을지 되돌아보지 않을 수 없다.

수천 년 동안 그 거대한 삼나무는 지진과 산불, 그리고 가뭄을 이겨내며 장엄한 아름다움을 뿜어내 왔다. 자신이 뿌리를 내린 저 산만이 그보다 오래 살았으리라.
수천 년간 아무도 건드리지 못했다. 수천 년 동안 아무도 정복하지 못했다.

"베는 데 얼마나 걸리겠나?" 책임자가 물었다.

"길어봐야 한두 시간 정도요." 몸이 건장한 인부가 내뱉었다.

"그럼 어서 끝내자구."

— Andrew E. Hunt, 「전설의 몰락」

〈새로운 진실〉에서 선택한 마지막 글이다. 한 거대한 삼나무가 수천 년 동안 지진과 산불, 가뭄을 이기며 장엄한 아름다움을 뽐내어 왔다. 사람의 형상으로 말하면 위인이요 거인의 모습이다. 그 오랜 세월을 두고 대단한 위용을 자랑하며 범상한 것들의 접근을 허용하지 않았다. 그런데 벌목 책임자와 몸이 건장한 인부 두 사람이 나타났다. 이들의 대화다. 책임자가 묻는다. "베는 데 얼마나 걸리겠나?" 인부의 대답이다. "길어봐야 한두 시간 정도요." 수천 년을 견딘 거목이 벌목꾼에게는 두 시간 일거리밖에 되지 않는 것이다. 허망하기 이를 데 없는 언어도단의 국면이지만 그것이 현실이다. 그런데 이는 결코 나무만을 두고 하는 이야기가 아니다. 우리 삶의 여러 굴곡에 있어 어디서든 돌출될 수 있는 인생훈의 형용인 것이다.

타산지석의 '보석 같은' 스마트소설론

나는 지금까지 스티브 모스가 편집하여 간행한 단행본 『세상에서 가장 짧은 영어 소설』을 면밀하게 읽으며 거기에 내재된 '보석 같은' 정보들을 스마트소설에 뜻을 둔 강호 제현과 공유했다. 스티브 모스는 그의 '55자 소설' 공모전에 수년간에 걸쳐 입상한 '우수작' 119편을 선정하여 수록했으나, 나는 우리 독자들의 이해를 돕기 위한 '최우수작' 10편을 다시 추려서 이에 대한 해설과 비평을 덧붙였다. 그에 앞서서 그가 이 전대미문의 짧은 소설쓰기 운동을 추동하면서 체험적으로 계발한 소설이론, 곧 스마트소설론을 요약하여 제시했다. 비록 우리가 일반적으로 쓰는 스마트소설보다 그 길이가 훨씬 짧긴 하지만, 이 작품들과 작품을 안내하는 자료들이 우리 스마트소설 애호가들에게 만만찮은 조력이 될 것으로 기대한 이유에서다.

이 수발秀拔한 소설들에는 단언컨대 해설이니 비평이니 하는 것들이 필요 없을지도 모른다. 오히려 그 작품의 속살을 직접 들추어 보고 진면목을 감각하는 것이 훨씬 더 지름길일 수도 있다. 굳이 사족처럼 비평 따위를 추가한 것은, 그 방법이 스마트소설론의 요체에 대해 긴가민가하는 이들에게 명징한 확신의 근거가 될 수 있을 것으로 보았기에 그렇다. 한 걸음 더 나아가 한 세대를 앞서서, 그리고 8만 리 시퍼런 물결이 출렁거리는 태평양을 격하여, 한 미국의 작가가 주장하는 스마트소설과 스마트소설론을 타산지석으로라도 눈여겨 볼 사유가 약여하다 싶었던 것이다. 다만 독자들이 스티브 모스와 만날 때의 주의사항이 하나 있다.

영어로 창작된 소설과 그 서구적 감각이 우리말로 옮겨진 다음 우리의 감응력에 반응해야 하기에 다소간의 문화적 차이나 문화충격이 있을 수 있음을 미리 감안하자는 것이다. 그러나 굳이 개권유익開卷有益이 아니더라도 한 번 읽기 시작하면 책을 마저 완독할 때까지 책장을 덮기 어렵다는 그 마력의 재미는 여기의 10편을 통해서도 충분히 감지할 수 있을 듯하다. 그 다음에 뒤따라올 질문은, 스티브 모스가 한 것과 같은 언사다. "소설이 훌륭한 소설로 인정받으면서 과연 얼마나 짧게 쓰여질 수 있을까." 그런데 이는 스마트소설에 눈길을 두고 그 창작에 손길을 둔 우리 모두가 하나의 교훈처럼 수용해야 할 레토릭이 아닐 수 없다.

그 10편만으로도 우리는 그가 서문에서 예시한 "살인과 흥분, 공포와 음모, 사랑과 배신, 그리고 멀리 떨어진 외계 세상과 인간내면의 악마적 요소"들을 두루 섭렵할 수 있었다. 그 짧은 소설들로 말이다. 이런 것들이야 말로 스마트소설의 특징이자 묘미이자 가능성이 아닐까 한다. 이 작품들은 거의 모두가 이야기의 반전, 다시 말하면 '이외의 결말'을 장착하고 있었다. 그런 만큼 이야기의 상징성이 깊고 활달한 상상력의 날개를 펄럭이고 있었다. 짧은 분량 가운데 '훌륭한' 소설의 품격을 갖추자면 당연한 과정이라

스마트소설 이렇게 쓴다

할 것이다. 누구나 쓸 수 있지만, 누구나 잘 쓰기는 어렵다는 표현이 그와 연계되어 있다. 그래도 '누구나 쓸 수 있다'는 글쓰기 문법은 스마트소설의 대중적 확산을 도모하는 불가결의 요목이 된다.

스마트소설이 이야기의 더미 속에서 하나의 산뜻한 서사 구조로 발현되는 것을 '한 개의 나무토막을 아름다운 조각 작품으로 깎아가는 작업'에 비유한 것은 매우 타당하고 호소력이 있다. 일찍이 미켈란젤로가 바위 속에 갇혀 있는 천사를 드러내기 위해 조각을 한 것이 '다비드' 상이었다. 이 잘 생긴 청년의 조각상은 이탈리아 피렌체에 실상으로 존재해 있다. 문제는 그와 같은 혜안의 감식만으로도 안 된다는 것이다. 글이 소설의 외양을 갖추도록 다듬어가는 도구와 장비들이 필요하다. 이를테면 배경, 인물, 갈등, 해결 등의 소설 구성 요소들이다. 한 편의 놀라운 스마트소설은 이처럼 여러 작은 요인들의 집합과 상호 협력, 조화로움의 시현示現과 더불어 완성된다.

스마트소설이 아무리 여러 구비 요건을 구색에 맞추어 정렬했다고 해도 거기에 '작가의 손맛'이 없으면 무미건조한 우등생의 모범답안으로 끝날 수 있다. 예컨대 스마트소설에서 매우 미약하지만 분명하게 살아 있는 '암시'를 사용한다고 할 때, 이미 그 암시는 미약한 신호가 아니다. 이를 운용할 수 있는 자격은 창의력의 모티브를 가진 작가에게 있고, 작가야말로 그 작품의 요동 없는 주체요 주권자다. 우리가 여기서 애써 스티브 모스의 주변을 염탐하며 스마트소설과 소설론의 요체를 빌려오려는 것은, 그의 논의를 우리의 창작 현실에 선택적으로 수용함으로써 우리 스마트소설의 수준과 지향점을 한 단계 더 높이 고양해 보자는 속셈에서다. 그런 점에서 그는 참 좋은 교과서이자 참고서였다. ✗

5

쫘ㅇ ㅇㅇㄱㄷㅇ ㅅㅊㄱ ㅂㅂ

『스마트소설』 창간호는 모두 세 단락으로 되어 있다. 맨 앞에는 '스마트소설박인성문학상' 수상작가 작품 8편, 다음으로 2020 신춘문예 당선 작가의 스마트소설 11편, 마지막으로 계간 《문학나무》 스마트소설 발표 작가의 작품 11편 등 30편이다. '스마트소설박인성문학상'은 카피라이터이면서 소설가로서 한 시대의 광고 카피를 문학 이미지로 조율했던 박인성 선생을 기리는 상이다.

짧은 이야기들의 성찬과 배반

5

짧은 이야기들의 성찬盛饌과 배반杯盤

좋은 스마트소설 이렇게 본다

이제까지 계간 《문학나무》에 소중한 지면을 얻어 '김종회 교수의 스마트소설론'을 네 차례에 걸쳐 연재했다. 앞으로 두 번 더 구체적인 스마트소설 작품을 살펴보는 것으로 진행을 하려 한다. 먼저 무크지 형식으로 발간된 『스마트소설』 1집 창간호에 수록된 작품들을 살펴보고, 다음으로 황순원 스마트소설 공모전과 이병주국제문학제 스마트소설 공모전의 입상 작품을 함께 검증해 보려 한다. 가슴 속의 내밀한 소망 한 자락을 들추어 보이자면, 그런 연후에 필자도 이 장르의 소설을 창작해 보고 싶다. 각설하고 이 길을 따라가기 위하여 먼저 지금껏 논거해온 스마트소설의 성격적 특성을 정리하고 요약할 필요가 있을 것 같다.

스마트소설이 '스마트'한 것은 내용의 상징성과 독창적 의미, 독자와의 소통, 창작자의 자기충족 등을 포괄하는 것이었다. 더 나아가 짧은 분량을 통해 '혜안과 통찰'을 보여주고, '초월적인 실험기법'의 적용을 기대하게 했다. 한국에 있어서 이 소설양식을 발양하고 추동한 이는 소설가 황충상 선생이다. 물론 유사한 창작의 방식이나 전례가 없는 것은 아니었으나, 그에 대한 이론을 제시하고 이를 창작 현장에 적용하는 '운동'을 펼친 이가 선생이었던 터이다. 그는 창작의 예시와 안내를 넘어서, 스마트소설이 스마트폰에 장착되어 읽힐 수 있는 미래를 내다보았다. 이는 작가와 독자가 소통하는 동시대적 효율성의 범례이자 새로운 독서방법의 확대를 뜻했다.

그런가 하면 해외의 구미 각국이나 남미에서도 오래 전부터 스마트소설과 동류를 형성하는 글쓰기 유형이 많이 있었다. 그 문화권에서 남긴 창작방법론에 관한 금언金言이나 획기적인 작품들의 소재는 그간의 연재를 통해 확인한 바 있다. 그 가운데서도 가장 이목을 사로잡는 논자論者는 미국 캘리포니아에서 짧은 소설쓰기 운동을 견인한 작가 스티브 모스였다. 그가 주창한 이론과 또 공모전을 통해 수합한 작품들, 곧 '55단어 소설쓰기'는 지금 여기 우리의 스마트소설에 매우 강력한 시사점을 던진다. 그가 2004년에 상재한 『세상에서 가장 짧은 영어소설』에는 '책을 읽기에 너무 시간이 부족하다는 핑계를 상쇄相殺할 수 있다'고 기록되어 있다.

이 책의 서문에서 그가 제기한 수사修辭, '소설이 소설로 인정받으면서 과연 얼마나 짧게 쓰여질 수 있을까'와 '소설이 훌륭한 소설로 인정받으면서 과연 얼마나 짧게 쓰여질 수 있을까'는 스마트소설을 쓰거나 쓰려는 모든 창작자들의 심경을 대변한다. 일상의 삶에서 말미암은 생각들, 그리고 그것이 생산한 이야기의 집적 속에서 하나의 산뜻한 서사 구조를 도출해내는 것은 '한 개의 나무토막을 아름다운 조각 작품으로 깎아가는 작업'이라는 것이 그의 표현이다. 여기에는 부단한 자기연마를 비롯한 창작의 수련 과정이 포함되어 있기도 하다. 스마트소설이 가진 이야기 정보 전달의 경제성, 동시에 창작자가 선택하는 고유한 독창성 등도 지속적으로 상기해야 할 과제다.

그런데 보다 중요한 요점은, 이와 같은 스마트소설의 이론을 잘 습득하고 있어야만 좋은 작품을 쓸 수 있는 것이 아니라는 사실이다. 창작자 자신이 절실하게 가슴 밑바닥에 숨기고 있는 이야기를, 일정한 통로를 따라 자유롭게 이끌어 낼 수 있는 열정이 더 소중할 것이다. 써야하기 때문에 쓰는 글은, 쓰고 싶어서 쓰는 글을 이기기 어렵다. 거기에 좋은 스마트소설의 현주소가 있다. 여기서 대상으로 하는 단행본에 실린 작품들은 그러한 손길에 의해 작성된 언어들, 짧은 이야기들의 성찬盛饌이다. '술상 위에 술과 안주를 차려놓은 그릇', 또는 '흥겹게 노는 잔치'를 배반杯盤이라고 한다면 이 작품들은 그 성찬의 배반이다. 이제 그만 작품들 속으로 걸어 들어갈 차례다.

좋은 것은 짧다면 두 배로 좋다

이 글이 대상으로 하는 『스마트소설』 창간호는 모두 세 단락으로 되어 있다. 맨 앞에는 '스마트소설박인성문학상' 수상작가 작품 8편, 다음으로 2020 신춘문예 당선 작가의 스마트소설 11편, 마지막으로 계간 《문학나무》 스마트소설 발표 작가의 작품 11편 등 30편이다. '스마트소설박인성문학상'은 카피라이터이면서 소설가로서 한 시대의 광고 카피를 문학 이미지로 조율했던 박인성 선생을 기리는 상이다. 1회 수상자 주수자 작가로부터 8회 수상자 문서정 작가에 이르기까지 모두 8편이다. 이를테면 지난 8년 간 스마트소설의 가장 돌올한 수확을 보여주는 작품들의 집합이다. 미상불 이 중에는 확연히 눈에 띄는 작품이 여럿 있어서 '상'의 저력을 실감하게 했고, '좋은 것은, 짧다면 두 배로 좋다'는 스페인 작가 벨타사르 그라시안의 언표를 상기하게 했다.

제1회 수상자인 주수자의 「길거나 짧거나 연극이 끝날 때」는 차가운 밤공기를 마시며 걷는 두 남자로부터 출발한다. K와 '조두'가 그들의 이름이다. 이들은 연극에 대해 얘기를 나누지만 서로 소통이 어렵고 공통의 논점도 형성되지 않는다. 이들 사이에 개재된 '그녀'도 그렇다. 이 요령부득의 장면들은, 그러나 현대인의 불안정하고 불확실한 관계성을 입증하는 데 매우 유력한 장치다. 카뮈 「이방인」의 에센스를 현대판으로 옮긴 후감이다. 김엄지의 「여름」 또한 이와 유사한 의미 구조를 가졌다. 이 소설의 화자는 삶의 무게에 과도하게 짓눌려 있다. 잘 타고 다니던 차가 반파되고 부상을 당한 것도 그 중 하나다. 화자는 이러한 자신을 객관화하여 바라본다. 독백의 형식으로 삶의 여러 절목을 나열하지만, 새로운 전기轉機를 꿈꾸지도 않는다. 삶의 실존에 침윤한 현대인의 한 초상이다.

양진채의 「폭력」은 화자가 '작고 가냘팠고 그악스러운' 소리를 듣는 것으로 시작한다. 이 소리는 출근길 버스에서 만나던 아이에게서, 또는 아직 눈뜨지 못한 새끼 고양이로부터 온다. 하지만 이 울음소리들이 그의 삶에 틈입하거나 어떤 의미를 생성하지는 않는다. 화자는 끝까지 관찰자로 남아 있다. 굳이 말하자면 '의미 없는 것의 의미'를 추적한, 일상의 이야기화에 속한다. 김상혁의 「세상에 좋은 남자는」은, 결혼 이야기를 공개하여 온라인 커뮤니티 및 SNS를 뜨겁게 달군 김영미와 그의 남편 우정우에 관한 글이라는 전제를 달고 있다. 두 남녀의 결혼 이야기이긴 하지만 거기에 어떤 평범한 결혼의 형상도 담겨 있지 않다. 이 부부가 그 삶의 환경으로부터 증발해도 전혀 문제될 것이 없다. 그러나 그것 또한 현실이다. 바로 직전의 작품과 닮은 이유다.

윤해서의 「물결」은 '나는 아무 생각이 없다'고 되뇌는 7살 아이를 내세운 이야기다. 그의 말은 어쩌면 단순한 반복으로 일관하고 있다. 물론 이는 작가의 각별한 의도일 것이다. 아이의 아빠는 아이에게 '주식株式'을 강요한다. 이는 하나의 속박이자 아이의 정신을 침범하는 도구다. 이 말하기와 글쓰기의 방식이 일정한 효력을 거두었다 할지라도, 자칫 언어의 낭비를 경계할 필요가 있다. 이상李箱 시의 반복이 한낱 언어유희로 그치지 않았듯이 말이다. 곽정효의 「숲」은 숲

이야기를 먼저 내놓는다. 거기에 '별나무'를 심는다. 당초에 지상에 없는 나무를 심는 것은, 이 소설이 그냥의 나무를 말하려 하지 않을 것임을 환기한다. 양지나무와 음지나무의 경계도 그렇다. 상당 부분 환상의 이야기가 함유된 이 소설은, 숲이 곧 인생의 유력한 반사경임을 말하려 한다.

안영실의 「에메랄드」는 다음 작품 문서정의 「여섯 번째 손가락」과 더불어, 이 책에서는 그래도 이야기의 구성과 극적 반전의 사례를 보이는 작품이다. 「에메랄드」는 병원을 찾아간 초로의 여자를 보여준다. 의사는 '에메랄드'로 가라고 하고 여자는 이 어휘를 해독하지 못한다. 알고 보니 그것은 'MRI실'을 말하는 것이었다. 무관심하고 불친절하고 소통이 단절된 동시대 사회의 표상이 여기에 있다. 이 단락의 마지막 작품 「여섯 번째 손가락」은 한 가족의 유전병 확인에 관한 이야기다. 육손이였던 어머니의 대를 이어받은 자식들, 그로 인해 어머니를 경원하고 부끄러워했던 자식들은 모두 그 유전 형질을 물려받았다. 다만 이들과 성향이 다른 막내 은오만 그렇지 않다. 이 독특한 정황의 매설은, 짧은 이야기가 구축할 수 있는 암시와 반전의 매력을 잘 끌어안았다.

짧은 글에 감동과 반전을 담다

2020년 신춘문예 당선 작가들이 쓴 스마트소설 11 편은, 신진 작가로서의 패기를 보여주는 작품이 여럿이었다. 그러나 짧은 분량에 깊은 의미를 담는다는 난제를 앞에 두고, 아직 문학적 성숙이 더 필요하다는 아쉬움을 남기는 경우도 많았다. 참으로 좋은 글을 위해서는 수발한 재능보다 작가로서의 성실성이 먼저 요구되는 까닭에서다. 강이나의 「지프트섬 모험기」에는 지프트섬의 장미와 새에 대해 대화하는 두 남녀가 있다. 이 두 사람이 주고받는 이야기는 현실과 일정한 거리를 두고 있고, 그 목표는 기실 오리무중이다. 그녀의 아이와 남편의 등장도 새로운 서사를 형성하지 않는다. 무목적, 무방향성의 의식세계를 의도적으로 펼쳐둔 배면에서 작가는 오히려 독자와의 대화를 기다리는 듯하다.

김수영의 「안녕한 거리」는 W프로젝트라는 회사 업무에 지친 '태기'라는 인물이 있고, 그가 결국은 인사불성이 되는 과정을 그렸다. 회사 동료 '성칠'이 이 과정에 개입한다. 말미에서 태기가 혼절한 것인지 사망한 것인지는 명확하지 않다. 분명한 바는 현대인의 일상 가까이 머물고 있는 탈진이나 위중이 누구에게나 일어날 수 있음을 환기한다는 점이다. 서장원의 「이륙」 또한 이와 유사한 사고의 발생에 관한 이야기다. '여선'이라는 소설의 주 인물은, 아들이 죽은 곳으로 아들의 '남친'을 만나러 올랜도로 향한다. 비행기가 이륙하기까지 온갖 상념들이 분분하다. 그 바탕에는 무엇으로도 되돌릴 수 없는 패퇴와 좌절의 심사가 웅크리고 있다. 이 모두로부터 탈출하기에 '이륙'은 맞춤의 상황이다.

송경혁의 「세탁」은 소설의 서두에서 화자가 법원으로부터 개명 요청을 받아들인다는 통지를 받는다. 그는 이혼한 상태이며, 그 날 '같이 살던 짐승'도 도망을 갔다. 이 우울한 분위기를 안고 그는 코인빨래방으로 세탁을 간다. 거기서 만난 남자 또한 세탁조차 제대로 못하는 자다. 집으로 돌아와 받은 전화는 '곽상호의 아내였던 사람'이 죽었다는 소식을 전한다. 개명을 했으므로 자신이 곽상호가 아니라는 다짐은 별반 도피처가 되지 못한다. 이 여러 어긋남의 길 위에 서 있는 하루다. 신종원의 「치수재기」는 '당신은 실내에 있다'라는 언사로 마치 2인칭 소설처럼 전개되고 있다. 이 소설 시점은 지속적으로 유지되지 못하고 중도에서 관찰자의 그것으로 변환되기도 한다. 양복의 치수재기가 암시하는 세상살이의 계측은 여전히 불분명하다. 그것이 곧 소설의 지향점인 경우다.

오은숙의 「하늘에서 별이 내려와」는 그녀와 그, 그리고 화자인 '나'의 만남을 상정한다. '나'는 그녀에게 연애에 관한 조언을 하고 있으나 그것이 합당하거나 효율적이라는 확신도 없다. 그녀는 '하늘에서 별이 내려와'라는 레토릭을 가지고 있다. 젊은 남녀들의 만남과 헤어짐, 일상의 고뇌가 자연스럽게 흐른다. 명료한 이름이나 정의定義가 주어지지 않는 동시대 젊음의 풍속도를 보여주는 작품이다. 이경미의 「에버그린」에서 주 인물 '연주'는 펜션 청소 알바를 한다. 그에게는 조기 출산과 '열아홉살 남편'이 사라진 후 혼자 아들을 키우다가 시설에 맡긴 아픈 과거가 있다. 지금까지 여기서 읽은 작품들에 비해 비교적 극적인 이야기를 내포하고 있으며, 그 또한 우리 시대의 팍팍한 세상살이를 반영하고 있다.

이소정의 「우리는 매일 고양이를」은 길고양이를 두고 엄마와 어린 아이가 벌이는 숨바꼭질 같은 이야기다. 그런데 이 엄마도 '아이에게 말도 없이 사라지는' 숨바꼭질을 연출한다. 마지막 대목에서 엄마는 매우 격정적으로, 관리사무실에 고양이를 치워달라고 말한다. 그것이 고양이 또는 아이를 매개로한 두 숨바꼭질의 파쇄를 의미하는지는 명확하지 않다. 그러나 이 양자 사이에는 눈에 보이지 않는 어지러운 외나무다리가 가로놓여 있다. 이때의 엄마는 상식적이지 않고 사뭇 위태롭다. 현해원의 「흔적」은 화자가 삿포로 게스트하우스에서 만난 '유라 언니'의 엄마 이야기에 화자 자신의 삶을 겹쳐 보인다. 화자는 '마지막 장소로 이 낯선 이국'을 골랐다. 유라와의 교유는 문득 나의 마지막을 유예하는 힘을 발휘한다. 하지만 그 효력 또한 불분명하기는 마찬가지다. 여기에는 정론적인 방향성 따위가 없다.

이은향의 「오타」는 아주 재미있는, 그리고 모처럼 유머와 위트를 느끼게 하는 작품이다. '나'는 A동사무소에서 일하는 하급 공무원이다. 그 첫 임무가 '납세자와의 조세마찰을 방지하는 기안문'의 작성이다. 그런데 예기치 않게 오타가 나고 하필 그 오타가 온갖 상상력을 불러올 수 있는 어휘 변형의 사고다. 그래도 회식자리에서는 '소주 맛이 달달' 하다. 크게 욕심내지 않고 기발한 담화를 잘 운반한 작품이다. 정무늬의 「엘리엇」은 화자가 '낭만적이고 열정적인 휴가'를 계획했는데, 그 휴가가 망했다고 한다. '나'의 상대역은 '홍현'이라는 남자다. 이 휴가는 여러모로 아슬아슬하고 위험한데, '엘리엇'은 그 와중에 개입된 채팅 상대의 닉네임이다. 종내 홍현이 달려와 두 사람이 합일한다. 이 작품 또한 가볍게 중압감 없이 읽히는 장점을 가졌다.

축약된 혜안과 통찰을 보이다

이 책의 3부로 실린 《문학나무》 스마트소설 발표 작가들의 작품은 작가들이 스마트소설에 대해 잘 알고 있고 또 여러 차례 창작 경험이 있는 터여서 훨씬 스마트소설다웠다.

고은주의 「여기 내가 걸어온다」는 스마트소설로는 약간 긴 느낌이다. 작가인 '나'와 '나'의 도플갱어로 나타난 '그' 사이에 오고가는 감정의 흐름이 감각적으로 그려져 있다. 화자는 '우리는 모두 인생에 얽매인 도플갱어'라고 말한다. 그것은 또한 '이번 생의 무게'이기도 하다.

김경의 「초록뿔테 안경」은 '너는 가짜고 나는 사고뭉치'라는 선언적 문장이 소설의 '문열이'에 해당한다. 이 작품도 좀 길기는 하다. '나'는 소극장에서 일하다가 지금은 교통사고로 누워 있는 중환자다. '너'는 초록뿔테 안경의 주인이었고 '나'는 그것을 박살냈다. 이들은 '형제'다. 두 사람 사이의 긴장을 끝까지 팽팽하게 유지한 솜씨는 곧 이 작가의 기량이다.

김성달의「소년을 본다」는 기구하고 파란만장한 인생사를 가진 노숙자 '나'의 이야기다. '나'와 아버지 그리고 누나는 정체도 불분명한 압제의 폭력에 인생을 망쳤다. 그러한 '나'가 만난 소년은 국회 앞에서 1인 시위를 하는 '투사'다. 소년이 든 팻말 '짐승에서 사람으로'는 이 조금은 긴 스마트소설의 주제이기도 하다.

　　김주욱의「춤추는 하얀 국화」는 아버지 49재에서 아버지의 천도遷度를 위해 춤을 춘, 무용가를 지망하는 딸의 이야기다. 그것도 동양적인 춤이 아니라 훌라다. 이 불균형성을 잘 가늠하면서, 소설은 춤의 의미가 49재의 사정에 잘 들어맞도록 능숙한 서사를 운용한다. 무리 없이 무난하게 잘 흘러간 작품이다.

　　김호운의「헤르타 밀러의 손수건」은 어릴 때부터 지금까지의 '나'가 어머니의 기억을 떠올리는 소설이다. 마치 그 과정이 하나의 성장소설을 그려내는 듯하다. 어머니가 어릴 적에 집을 나설 때 '손수건 있니'라고 묻던 말, 그리고 아들을 걱정해서 꼭 사과를 챙기며, '사과 있느냐'라고 묻던 말이 '나'의 생애를 따라 다닌다. 헤르타 뮐러의 손수건 이야기도 그 가운데 있다. 자전적 서술이 얼마나 함유되어 있는지는 모르나 참 좋은 사모곡思母曲이다.

박인의 「아버지」는, 아버지를 그리는 사부곡思父曲이다. 음악방송 일을 하던 아버지는 흠결이 많았고 건실한 생활인이 되지 못했으며, 그 때문에 어머니가 시장에서 좌판을 벌여야 했다. 그럼에도 불구하고, 아니 그러하기에 오히려 화자의 '사부思父'는 절실한 공감을 불러오는 편이다.

원교의 「파피루스, 누구」는 파피루스, 글자 그대로 종이에 관한 이야기다. 이 소설의 중심인물은 '늙은 아이'로 호명되어 있다. 사뭇 동화적 이야기의 구도를 가졌는데, 함께 나오는 개구리가 '건강한 청년'이라는 것이다. '파피루스의 논'에 나타났으니 '파피루스 개구리'로 하자는 담론은, 이미 일반적인 사실성의 범주를 넘어섰다. 형식에 있어서 실험적이지는 않으나, 그 내용은 실험적인 작품이다.

정광모의 「바이러스 공장」은 마침 팬데믹의 엄혹한 세월을 보내고 있는 오늘날의 사회를 다시금 되돌아

보게 한다. 소녀가 감염된 복합바이러스는 결국 '시작이야'라는 결론을 이끌어낸다. 인류가 겪은 수많은 전염의 질병들이 어쩌면 모두 이와 같은 경로를 거쳤을 수 있다. 그 경계警戒와 경고警告로도 읽히는 작품이다.

정승재의 「미인도」는 그의 소설 세계가 전매특허처럼 끌어안고 있는 여인 '선희'의 캐릭터를 여일하게 보여주는 소설이다. 한 작가가 하나의 캐릭터를 이토록 집중적으로 궁구窮究하기는 드문 일이다. 이는 작가나 작가의 분신인 화자를 한 곳에 금압禁壓하는 방식을 불러오기도 한다. 여기에서는 바닷가 절벽 중턱의 동굴이 그것이다. 소설의 이야기는 분할된 일상 속에 부유浮遊하는 생각들로 분망奔忙하다. 이를 하나의 얼개 아래 조합하여 소설이 된 셈이다.

최성배의 「홀+짝」은 사람의 남과 여, 동물의 수컷과 암컷을 함께 견주어 보면서 나-그녀-친구-친구의 친구를 이야기 구조 속으로 끌어들이는 소설이다. 이 자연 또는 본능의 섭리를 생각하면서 '세상은 하나하나가 망가져 전체가 변형되는 것'이므로, 일희일비

한 일이 없다는 작고 단단한 깨우침에 이르고 있다.

마지막에 실린 작품 허택의 「브라마리 쁘라나야마」는 힘겨운 삶에 지친 이의 자기고백이다. 어제의 스트레스, 오늘의 혼탁한 심신을 벗어나고 싶다. 그러기에 '으암'이라고 하는 생명의 소리, 자궁에서 제일 먼저 만들어진 소리를 설정한다. 어제의 곤고困苦를 넘어 '오늘의 평화와 행복'을 추구하려는 욕망이 축조한 작품이다. 이 작품에 이르도록 통독한 30편의 스마트소설들은 그 나름의 장점을 보유하고 있었고 눈에 띠는 독창적 면모도 많았다. 그러나 불필요하게 길어지면서 이야기성이 부재하거나, 이야기의 재미 또는 극적 반전의 효용성을 살리지 못한 작품들을 흔하게 볼 수 있었다. 획기적 형식실험의 시도에 이르지 않더라도 반짝이는 창의적 아이디어가 아쉬웠고, 유머나 위트를 확장한 사례는 극히 드물었다. 허약한 서사의 전개를 넘어 압축적이고 상징적이며 스마트한 소설, 언필칭 '스마트소설'을 시간을 두고 더 기다려 보기로 한다. ✶

ㅅ ㄱㄱ ㄷㅊㄹㅇ ㅈㅇ ㅇㅇㄱㄷㅇ ㅊㅈ

주수자가 번역한 『시대를 앞서간 명작 스마트소설』은, 우리 스마트소설 현양에 있어 하나의 시금석이 되는 책이다. 이 책은 프란츠 카프카로 시작해서 에드가 앨런 포우에 이르기까지, 모두 10명의 저명한 세계문학 작가들의 '짧은 소설'을 번역하여 수록했다. 그런가 하면 주수자 신은희의 평설과 호영송 김원경의 삽화로 책을 꾸몄다. 여기에 실린 작품들 가운데는 그대로 스마트소설이라 간주할 수 있는 수발한 글이 상당히 많이 포함되어 있다.

속 깊고 다채로운, 작은 이야기들의 축제

6

속 깊고 다채로운, 작은 이야기들의 축제
— 세계문학에 분포分布한 스마트소설

다시 생각해 보는 스마트소설의 의미

스마트소설은 엽편소설이나 미니픽션 등의 장르 이름과 동의어로 사용될 수 있는 것이지만, 한국의 문예지 《문학나무》가 '스마트'란 접두의 어사를 덧붙인 데는 그것대로의 이유와 의미가 있다. 우선은 2013년 이 문예지가 '스마트소설박인성문학상'을 제정하면서 하나의 고유명사로 확립한 것이고, 다음으로는 IT 분야의 세계 선두에 선 한국의 상황에서 스마트폰과 소설의 결합을 시도하는 글쓰기에 새로운 호명을 부가한 것이다. 굳이 소설의 분량을 한정해 둔 바는 아니지만 대체로 7매, 15매, 30매 등의 조건이 제시되기도 했다. 아무리 길어도 단편소설의 1/3 이내여야 한다는 것이 묵시적 합의인 셈인데, 기실 이 분량을 넘어서는 경우 굳이 이를 스마트소설의 영역으로 끌어들이려 애쓸 필요는 없다고 본다.

만약에 분량의 축약이 어렵다면 거기에 좀 더 부피를 더하여서 단편소설의 강역疆域으로 넘어가면 될 일이다. 미리 약속된 짧은 분량 안에 소설의 형식을 갖추고 공감과 감동을 유발할 수 있으면 이는 당연히 스마트소설이다. 만약 거기서 설득력 있는 반전의 극적 구조를 보여준다면 이는 콩트의 요건을 갖춘 것인데, 콩트의 외형을 가진 작품이 스마트소설의 한 유형이 되는 것은 당연히 충분조건의 하나다. 거기에다 스마트소설은 '변화하는 시대정신Zeitgeist의 속도와 정보의 극대화'를 반영한다. 이를 위해 단편소설 1/3 이내의 짧은 분량은 당연히 필요조건에 해당한다. 오늘날의 대다수 독자는 길고 지루하고 난해한 소설을 읽을 겨를이 없다.

이 스마트소설론 시리즈를 통하여 그동안 엽편소설

이나 미니픽션 외에도 초단편이나 손바닥소설 등의 여러 명칭을 만나 보았거니와, 해외에서 사용되는 장르 명칭으로는 미니픽션이 가장 근접한 것이 아닌가 한다. 이 창작 형식이 이미 세계 각국의 문학에 분포되어 있는 터이지만, 특히 라틴아메리카 문학에서의 창작과 수용이 활발하고 더 나아가 하나의 전통을 이루고 있는 모습을 볼 수 있다. 기실 미니픽션을 하나의 장르로 간주해야 할지, 아니면 서술 방식으로 보아야 할지도 여전히 논란의 여지를 남겨놓고 있다. 중요한 사실은 이러한 논란의 쟁점을 별 것 아닌 경과 과정으로 만들 수 있는 힘이, 좋은 작품의 산출에 있다는 것이다. 이름보다 더 중요한 것은 글의 내용이다.

마찬가지로 미리 규정된 분량보다 더 중요한 것 역시 글의 내용이다. 장편소설은 인생의 유장悠長한 면모를 전면적으로 추구하고, 단편소설은 그 인생의 한 단면을 예리하게 포착하는 데 과녁을 둔다. 스마트소설 또는 미니픽션은 여기서 더 압축적으로, 하나의 초점을 보다 선명하게 드러내는 데 방점이 있다. 그

스마트소설 이렇게 쓴다

러기에 그 특징이자 장점은 선명성이다. 그런데 이것이 좌고우면하거나 자기주장만 현시顯示하는 것이 아니라, 다양한 관점과 해석 앞에 열려 있어야 한다는 점이다. 그러기에 짧고 함축적이지만 상징적 의미의 깊이를 확보하고 있어야 좋은 작품이 될 수 있다는 말이다. 물론 사실적인 또는 환상적인 기술 방법 모두가 여기에 동원될 수 있다.

이전의 글에서 살펴본 바 있지만, 이와 같은 사실들을 망라하여 스마트소설의 주창자 황충상 작가는 다음과 같은 정의를 남겼다. "강렬한 시사성의 묘하고 아름다운 힘, 그 파장의 울림을 그려내는 스마트소설은 어떤 소재든 다양한 글쓰기를 보일 수 있다. 하지만 그 방법론의 변형은 영원히 가볍고 한없이 쉬운 이야기로서 생물이며, 사물이 자유로이 드나들 수 있어야 한다. 그래야 스마트폰 세대와 소통의 길을 열 수 있기 때문이다." 이 언급의 끝부분, '쉬운 이야기'는 과거의 이름있는 작품들을 수용하기에 너무 헐거운 그물일 수 있다. 그런가 하면 이는 앞으로 대중 친화의 스마트소설을 위한 매우 긴요한 숙제이기도 하다.

한국에서의 스마트소설 이론과 창작

한국의 학계에서 서구의 미니픽션에 대한 논의를 구체적이고 설득력 있게 전개한 대표적인 글은, 송병선 교수(울산대 스페인·중남미학과)의 「미니픽션, 21세기 문학의 새로운 지평」이라 할 것이다. 송 교수는 이 글의 서두에서 1990년대의 초반에 유행했던 '아포리즘'이나 중반에 위세를 떨쳤던 '엽편소설'이 모두 개념과 명칭의 소멸을 보인 현상을 설명했다. 동시에 '세계문학의 보고寶庫'라 일컬어지는 라틴아메리카의 현대문학'이 1950년대부터 '짧은 작품'에 관심을 기울였고, 그런 것이 20세기 후반에 와서 미니픽션이라는 본격적인 문학 장르로 자리 잡았다고 평가했다. 그는 이 글에서 세계 문학계를 휩쓸고 있는 미니픽션의 본질과 특성을 알아보고, 왜 그것이 21세기 문학을 예언하는지 살펴보려 한다고 했다.

이 글은 먼저 '어떤 작품을 미니픽션이라고 하는가'에서, 그것이 단편소설과 유사한지 아니면 어떻게 다른지를 밝히는 데서 출발해야 한다고 전제한다. 저자는 200자 원고지 20매에서 70매 사이의 '짧은 단편'과 3매에서 20매 사이의 '아주 짧은 단편' 그리고 1매에서 3매 사이의 '초단편' 등 서술 분량에 따른 구분을 제시한다. 그와 더불어 각기 형식의 특성을 구분하여 언급한다. 그렇게 보면 여기에서의 미니픽션은 일반적인 단편소설보다 짧은 분량으로부터 원고지 1장에 담을 수 있는 극도의 축약까지를 망라하고 있는 터이다. 이어서 '미니픽션의 특징들'과 '몇 가지 예를 통해 살펴 본 미니픽션의 특성'에서는 간결성과 다양성, 다시 쓰기: 고전의 패러디, 존재론적 글쓰기와 기원론적 글쓰기에 대해 서술한다.

이 가운데 '다시 쓰기: 고전의 패러디'에서는 보르헤스와 카프카 그리고 멕시코의 작가 환 호세 아레올라와 아르헨티나의 작가 마르코 데네비의 『돈키호테』 패러디를 공들여 소개하고 또 분석한다. 이러한 사례는 세계 여러 지역에 분포되어 있는 미니픽션의 유형을 잘 드러낸다. '존재론적 글쓰기와 기원론적 글쓰기'에서는 콩트와 비교해서 미니픽션이 존재론적이며 기원론적이라고 언명하고, 그것이 '존재의 극단에 관한 깊은 생각의 징후'를 보여준다고 평가한다. 그리고 이를 총체적으로 담아낸 대표적인 작품으로 멕시코의 작가 호세 에밀리오 파체코의 「예리고」를 예증으로 내세운다. 뒤이어 '현대인의 존재에 관해 의문'을 던지며 새로운 신화적 상상력을 수립하는 대표적인 작품으로 우루과이의 여성 작가 크리스티나 페리 로사의 「지도」를 인용한다.

마지막으로 '미니픽션: 21세기의 문학이 될 것인가'에서는, 특히 미니픽션이 사이버 시대에 가장 적합한 형식이라는 논의를 소환하고 있다. 이는 한국에서 명명한 스마트소설의 개념 정의와도 일맥 상통하는 것이다. 저자는 사이버 소설에서 가능한 '독자와 작가의 쌍방향 의사소통'의 문제와 하이퍼텍스트적 성격을 참고하여, 미니픽션이 '독자와의 교감을 통한 창작'의 지평을 확대할 수 있을 때 '21세기 문학의 주인공'이 될 것이라는 예단으로 글을 마치고 있다. 송 교수의 이 글은 스마트소설 또는 서구 라틴아메리카 중심의 미니픽션을 두고 명쾌한 개념의 정의를 제시하고 적절한 작품의 범례를 활용하여 독자의 이해를 돕는 유의미한 저술이다. 다만 라틴아메리카의 문학적 현상을 위주로 한 까닭에 우리 문학의 현실과 일정한 간극이 있는 것은 사실이다.

한국문학에 있어서 스마트소설의 논리를 창안하고 그 이론을 전개하며 또 이를 작품을 통해 실증한 이는 황충상 작가다. 그의 명상 스마트소설집 『푸른 돌의 말』은, 이를테면 한국 스마트소설 창작집의 문열이요 첫 단추에 해당한다. 그는 이 책에 수록된 작품들에서 불교적 체험과 상상력 그리고 구도적求道的 깨달음을 동원하여, 깊이 있고 의미 있는 스마트소설이 어떤 것인가를 실증했다. 이 창작집의 작품론을 쓰면서, 필자는 내내 궁구窮究해 보았다. 왜 그는 그렇게 스마트소설이란 문학 형식에 집중했던 것이며, 그를 그렇게 추동推動한 환경적 요인은 무엇이었을까에 대해서였다. 여기에는 필시 외형적 형상이 아니라 내면적 감응에 치중해온 그의 작품세계가 연관되어 있으리라는 것이 필자의 짐작이었다.

다음으로 한국 스마트소설의 새로운 내일을 향하는 길목에 뜻깊은 징검다리가 된 작가는 주수자이고, 작

6 속 깊고 다채로운, 작은 이야기들의 축제

품으로는 그의 스마트소설 창작집 『빗소리 몽환도』라고 해서 이의를 제기할 이는 없을 것이다. 미술과 조각, 시와 소설과 희곡 등 여러 장르에 걸쳐 전방위적으로 활동해 온 그는 스마트소설의 이론과 실제에 있어 하나의 중심축을 이루는 작가다. 그의 『빗소리 몽환도』는 『Night Picture of Rain Sound』라는 영문판으로 영국 Addie Press에서 출간되었다. 현재 진행 중에 있는 국내의 여러 스마트소설 공모전, 기획 출간, 행사의 수행 등에 있어 그는 이미 간과할 수 없는 작가로 부상했다. 그는 스마트소설의 태동과 관련이 있는 스마트소설박인성문학상의 제1회 수상자이기도 하다.

그의 『빗소리 몽환도』에는 모두 17편의 작품이 실려 있다. 이 중에는 아주 짧은 소설, 짧은 소설, 조금 긴 소설 등 여러 분량의 작품이 망라되어 있다. 「변형되는 거울 속 유희」나 「빗소리 몽환도」는 그 분량에 있어 단편소설의 길이를 상회하고 있어, 과연 이를 스마트소설이라 호명할 수 있을 것인가라는 문제가 남아 있다. 이렇게 본다면 그가 스마트소설의 개념을 보다 유연하게 설정하고 있는 것인지도 모른다는 추론을 가져오게 된다. 당연히 문학 형식의 논의에 개인적 편차가 있을 수 있으나, 이른바 미니픽션과 동류의 구도로 정의하려 할 때는 이 분량 또한 만만찮은 문제가 되는 것이다. 이 창작집에는 금은돌이라는 논자의 해설이 붙어 있다. 지면 관계상 여기서 구체적인 작품론으로 나아가지 못하는 것은 안타까운 일이다.

'시대를 앞서간' 세계 명작 스마트소설

황충상이 주간으로 있는 《문학나무》가 출간하고 '싱어송라이터' 주수자가 번역한 『시대를 앞서간 명작 스마트소설』은, 우리 스마트소설 현양에 있어 하나의 시금석이 되는 책이다. 이 책은 프란츠 카프카로 시작해서 에드가 앨런 포우에 이르기까지, 모두 10명의 저명한 세계문학 작가들의 '짧은 소설'을 번역하여 수록했다. 그런가 하면 주수자 신은희의 평설과 호영송 김원경의 삽화로 책을 꾸몄다. 여기에 실린 작품들 가운데는 그대로 스마트소설이라 간주할 수 있는 수발秀拔한 글이 상당히 많이 포함되어 있다. 그러나 내용은 차치하고 그 분량으로 보아 스마트소설의 범주를 넘어서는 작품도 여러 편이 있어, 그것의 정체성에 대한 논의를 다시 한 번 환기할 필요가 있어 보인다.

그런가 하면 내용에 있어서도 과도한 상징성의 늪에 침윤해 있거나 지나치게 난해한 작품들도 있어, 지금껏 우리가 목표로 해 온 스마트소설의 미덕과 걸맞지 않은 면모도 더러 있다. 그러나 세계문학사에 빛나는 이름을 가진 세계 각국의 문호들이 스마트소설의 범주 안에 있거나 그에 근접해 있는 작품을 산출했다는 것은 그것대로 뜻깊은 일이 아닐 수 없다. 이는 스마트소설의 연원과 문학사적 친족관계, 그리고 객관적이고 보편적인 가능성에 관하여 명료한 근거가 될 수 있는 터이기에 그렇다. 물론 작가로서 위명偉名이 있다고 해서 그의 유사한 작품에 스마트소설이란 모자를 덧씌우는 것은 바람직하지 않다. 작가는 언제나 작품으로 말하는 것이며, 언제나 작가의 명성보다 작품의 우수성이 오른쪽으로 나서는 것이 옳다.

스마트소설이 읽기에 쉽고 재미있어야 한다는 것은, 앞서 언급한 황충상의 언표에서 '그 방법론의 변형은 영원히 가볍고 한없이 쉬운 이야기'라는 진술을 통해서도 가늠할 수 있다. 긴 이야기 속의 난해뿐만이 아니라 짧은 이야기 속의 난해 또한 독자에게 고통스럽기가 매한가지다. 효율성과 속도감을 생명처럼 소중히 여기는 현대사회에서 그러한 시대적 현상을 반영하는 스마트소설의 정체성은 반복해서 강조할 만하다. 더욱 이 짧은 소설을 스마트폰에 장착하여 읽는다는 수용의 방식을 염두에 두면 더 말할 나위도 없다. 그러기에 이 시대의 현재적 환경은 담론의 축소와 용이容易를 강조하게 되는 것이다. 이는 또한 독자 친화적 창작의 경향을 표방하는 스마트소설의 특징적 성격이기도 하다.

『시대를 앞서간 명작 스마트소설』에는 프란츠 카프카, 나쓰메 소세키, 버지니아 울프, 로드 던세이니,

에이빈드 욘손, 오스카 와일드, 조지프 러디아드 키플링, 사키, 셔우드 앤더슨, 애드가 앨런 포우 등 10명의 작가가 쓴 짧은 소설 30편이 수록되어 있다. 옮긴이는 '스마트소설이라는 새 장르의 전범이 될 만한 외국 작가들의 작품들을 모아 새롭게 조망해 낸 것'이라고 적고 있다. 또한 '가장 중요한 것은 문학으로서의 정체성과 예술작품의 본래적 가치 그 자체'라고 하고, '스마트소설이 지향하는 짧음이 시적 순간과 닿아 있음'을 강조하고 있다. 옮긴이의 관점이 그러하기 때문인지 이 책에 함께 수록된 평설은, 비평적 산문이기보다는 시적 묘사에 가까운 편이다.

이 책에 실린 작가들의 출신 지역별 분포를 보면 유럽이 7명, 아시아가 1명, 북미주가 2명이다. 짧은 소설이 강세를 보이는 남미의 작가들이 제외되어 있다는 사실을 고려하면, 스마트소설은 전 세계에 걸쳐 두루 폭넓은 분포를 보이고 있는 셈이다. 이 책에 실린 작품 가운데도 특히 분량이나 난해성에 있어 일반적인 스마트소설과 일정한 상거가 있는 작품들이 많으나, 옮긴이가 「서문」에서 밝힌 바와 같이 '길고 깊은 의미, 독자적 아름다움, 순간의 통찰들이 짧은 소설 안에서 얼마나 자유롭고 무한한 길을 열고 있는지 경험'하다 보면 사소한 우려는 차치해도 될 듯하다. 결국 보르헤스가 말한 '창조적인 독자'가 될 수 있으면, 이 책의 효용이 극대화될 것으로 본다. 다만 지면 관계상 여기에서도 구체적인 작품비평은 다음으로 미룰 수밖에 없다.

새롭게 읽는 4편의 스마트소설 범례

거듭 논거한 바 있으나, 스마트소설 또는 미니픽션의 시발은 현대문학의 지평 위에서 오래되었고, 여러 나라 여러 문화권에서 다양한 행적을 보여왔다. 여기에서는 미국과 아르헨티나 및 페루 등 아메리카 대륙의 네 작가를 통해 이를 살펴보려 한다. 남미 문학의 대표적 작가인 호르헤 루이스 보르헤스(J. L. Borges, 1899~1986)는, 아르헨티나의 소설가이자 시인이며 평론가다. 그는 '남아메리카에서의 극단적 모더니즘

운동'을 제창하기도 했다. 그가 쓴 한 페이지 분량의 아주 짧은 소설 「보르헤스와 나」는, '세상사를 경험하는 사람은 바로 다른 나, 보르헤스'라는 자아의 의식적 구분에서 출발한다. 글을 쓰는 이 누구나 경험하는 일상적 자아와 본래적 자아의 분리 또는 통합을 해명하는 이 작품은, 그것이 스마트소설로 창작됨으로써 모든 곁가지를 없애고 곧바로 논의의 본질에 육박하게 한다.

미국의 소설가이자 언론인 제임스 루퍼스 에이지(James Rufus Agee, 1909~1955)는, 『가족의 죽음』이라는 이름 있는 작품을 남겼다. 그의 자전적 소설이자 유작인 이 소설은 그의 사후 1958년에 퓰리처상을 받았으며 2005년 《타임》 선정 100대 영문소설, 미 SAT 권장 도서, 하버드대 문학 강의 텍스트 선정 등으로 미국 현대문학 고전의 반열에 올랐다. 그의 짧은 소설 「녹스빌: 1915년 여름」은, '내가 아이로 위장해 살던 시절'의 녹스빌이라는 마을과 그 시대의 분위기, 특히 그 동네의 저녁에 대해 이야기한다. 이때 '아이로 위장'은 제임스 조이스가 「애러비」에서 활용한바 회상 시점과 같은 의미일 것으로 짐작된다. 여러 평안하고 조화로운 그리고 사소한 경험의 서술과 더불어, 화자는 그 가족들이 '내가 누구인지'를 '결코 알려주지 않을 것'이라고 글을 맺는다. 사실은 알려주지 않는 것이 아니라 알려줄 수 없을 것이다. 안온하고 부드러우나 쉽게 납득 되지 않는 인생의 비의秘義가 거기에 있다.

아르헨티나의 여성 소설가 루이사 발렌수엘라(Luisa Valenzuela, 1938~)의 「검열관」은, 기막힌 작품이다. 이는 짧은 단편소설이나 콩트로 불려도 전혀 손색이 없고, 스마트소설의 견지에서 볼 때는 빼어나게 잘 구성된 작품이라 할 수 있다. '후안'이라는 주인공이 파리에 있는 사랑하는 여자 '마리아나'에게 편지를 보냈다. 시대는 엄혹한 압제 아래에 있고 국가의 '비밀검열사령부'가 활동 중이다. 후안은 그 편지를 그리고 마리아나를 보호하기 위하여 검열국의 검열관으로 지원하고, '밀고'와 철저한 업무 수행으로 고속 승직을 한다. 그는 검열국의 최고 전문가가 되었고, 마침내 자신의 편지를 찾아낸다. 하지만 이미 정상의 궤도를 벗어난 그는, '그의 업무에 대한 헌신'과 더불어 그 편지에 부적격 판정을 내리고 '총살당하는' 길로 간다. 압축적이면서 명쾌한 이야기, 극적이면서 설득력 있는 반전, 곧 스마트소설의 모범이다.

미국에서 활동하고 있는 칠레 태생의 여성 소설가이자 언론인인 이사벨 아옌데(Isabel Allende, 1942~)는, 칠레 군부의 독재를 피하여 베네수엘라에서 13년간 망명 생활을 하다가 1987년 미국으로 이주했다. 주로 라틴아메리카의 근·현대사를 소재로 소설을 썼고 사실주의와 영적 요소를 결합하는 '마술적 리얼리즘'의 작가로 알려져 있다. 그는 1984년과 1986년에 독일에서 '올해의 작가상'을, 1996년 미국의 '비평가상'을 수상했다. 그의 「두 마디 말」은 거의 단편소설의 분량에 가까우나, 스마트소설의 여러 요소를 작품 속에 내포하고 있다. 우화寓話 형식을 취하고 있는 이 글은, 말言의 위력과 그것이 몰고 온 엄청난 사태의 변환에 대한 이야기를 들려준다. '벨리사 끄레뿌스꿀라리오'라는 이름의 여자가 대통령이 되려 하는 대령에게 유세에 필요한 말을 일러주고, '비밀스러운 말 두 마디'를 더 덤으로 준다. 대령의 유세는 대성공이나 그로 인해 그의 '남자다움'이 사라진다.

이렇게 이 소설은 말로 인한 사람과 상황의 변화를 예리하게 묘파하고 또 잘 짜인 담화로 증명한다. 누구나 이 소설이 상상력의 지반 위에 서 있음을 알지만 어느 누구도 그것이 허약하거나 허물어지기 쉬운 것이라고 생각하지 않는다. 말의 힘, 소설적 이야기의 자장磁場, 문학의 미덕이란 바로 이런 것이다. 그리고 이는 스마트소설처럼 짧고 강렬한 장르에 담아내기에 알맞다. 지금까지 우리가 살펴본 한국과 세계 각국의 스마트소설들은, 이러한 문학적 경지를 지향한다. 그것은 보편적인 다수의 독자에게 글 읽기의 재미를 공여하고 그 가운데서 작고 소박하지만 뜻깊은 깨우침을 발굴하게 하며, 궁극적으로 자신이 꾸려가는 삶의 행로에서 소중한 예술 체험을 향유하게 한다. 그러기에 스마트소설이다. 과거 먼 곳에서부터 흘러왔고 지금 여기의 삶을 말하며 장차의 효력 있는 문예 장르로서 인류 예술사를 관통하는 문학의 이름, 곧 스마트소설이다. ✸

스마트소설 이렇게 쓴다

1쇄 발행일 | 2022년 05월 10일

지은이 | 김종회
펴낸이 | 윤영수
펴낸곳 | 문학나무
편집 기획 | 03085 서울 종로구 동숭4나길 28-1 예일하우스 301호
이메일 | mhnmoo@hanmail.net

출판등록 | 제312-2011-000064호 1991. 1. 5.
영업 마케팅부 | 전화 | 02-302-1250, 팩스 | 02-302-1251
ⓒ 김종회, 2022

ISBN 979-11-5629-139-8 03800